图瓦大地

鲍尔吉·原野 —— 著

上海文艺出版社

目　录

【聆听：故事】

爱听二人转的狗 /3

白桦树上的诗篇 /7

沼泽里的歌声 /11

你到过月亮吗？ /20

对岸的云彩 /24

大清 /28

黑顶山雀 /32

婚礼记 /38

三姐妹 /43

肖邦 /52

谁是我们前世的父母？ /57

让娜 /63

落叶吹进门口的鞋子 /68

花朵开的花 /72

金道钉 /78

卡车上 /83

奎腾的马 /92

灵魂潜入向日葵 /107

克孜勒的风琴手 /114

水碗倒映整个天空 /133

鹿屁股酒馆 /136

谁是天堂里的人 /152

呼麦驱散黑暗 /158

木筏上的诺明花 /172

西伯利亚的熊妈妈 /187

转经筒边土 /192

【远方：诗歌】

狼从没听说它的名字叫狼 /197

额吉淖尔 /199

【沿途：风景】

甘丹寺的燕子 /203

布尔津河，你为什么要流走呢？ /207

鸟群飞过峡谷 /211

野百合 /214

马群在傍晚飞翔 /217

马如白莲花 /220

牛比草原更远 /223

苜蓿花的河谷 /226

黑蜜蜂 /230

后退的月亮 /233

草垛里藏着一望无际的草原 /236

火 /239

寂静统治着山林 /242

燃灯人 /245

沙漠里的流水 /248

小马蹚水 /251

琥珀对松树的记忆 /252

谁在夜空上写字 /256

松塔 /259

谁在水面倒立起舞 /262

挽套的马铃 /265

他乡月色 /272

后记：他们的笑容俘获了我 /277

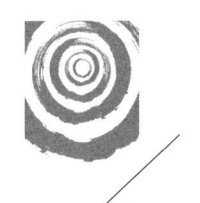

聆听：故事

爱听二人转的狗

人出了国后,先怀念祖国的不是心,而是肚子。胃,或称消化系统,在激烈排斥外番饮食的同时,怀念着小葱拌豆腐、打卤面、粉条头萝卜丝炸素丸子和黄瓜拉皮。人在国外,脑子想这事那事,肚子只想"国吃"。在西伯利亚,我的胃从早到晚想吃的,腹腔像开进消防车,彼此呼叫。吃不到,胃改为回忆绿茶的滋味。我按照胃的指示喝绿茶,但这里宾馆的电源是三相插座,我的小电壶为两相。我想起阿巴干广场有干活儿的中国人,找他们去。

见着一个中国人,一说就明白,两相转三相的电源插头。他说送给你了,到工棚取。

他姓李,吉林扶余人,在中国人承包的广场工程铺石板。老李说,一起干活儿的俄国人体格好,可是懒,干一点活儿歇没完。老李干活儿身上舒服,歇着筋疼。说着到了工棚。

帐篷工棚住着几十号中国人,地下摆炉子、马勺和塑料豆油桶，一只半大狗从铺下蹿出来，朝我吠。

"福贵。喊什么玩意儿！中国人。"

狗接着吠。老李让我跟它说中国话，狠点儿，要不它叫起来没完。

我本来就怕狗，大喝："闭嘴，滚一边儿去！"

狗收声，变得唯唯诺诺，用讨好的目光端视我。

"它叫福贵？"

"对。它是张福田从国内偷着带来的狗，我们坐汽车来的。刚来时它小，塞一个地方就入境了。张福田提前回国，把它留这儿了。"

老李把插头给我，"这个狗可不一般，比我还爱国呢。人要说俄语，它满地乱转，表示闹心，一听中国话就老实。邪门儿不？"

老李打开电视，俄主持人说话。这只狗——福贵低头咬自己尾巴、咬雨鞋，呜呜哀鸣。电视一关，好了。

"它喜欢二人转。"老李从破碟片里找一张，放进DVD，画面上，描红抹绿的二人转男女演员打情骂俏，福贵看得目不转睛。

"福贵鼓掌。"

它立身抖前爪，意谓鼓掌。

老李说："它太爱国，爱家乡人。我给你演练一下。我说人名它立刻模仿。赵本山！"

福贵慢步走，左看一下，右看一下，如赵本山表演收电费的。

"高秀敏!"

狗乱颤头。

"表示高秀敏能说。潘长江!"

福贵缩头。

"表示个矮。这些人它都认识,粉丝狗。对——"老李在铺下摸出一个盒子,打开,露出铜质奖章,"这是福贵的奖章,阿巴干市政厅颁发。前年我们住一个破楼里,半夜起火。人撤出来之后,一个俄罗斯妇女说孩子还在屋里,才两个月。楼快烧塌了,警察不让进。张福田让福贵进去救小孩儿。福贵钻进火里,用牙咬小孩儿脖领子,拖着出来了。"

"福贵!"老李把奖章戴它脖子上,"立正。"

福贵立身,胸前当啷奖章,眼神无所适从。

老李接着说:"你知道它为什么讨好你不?眼睛老盯着你,有话可惜说不出来。它想让你带它回国,不在这儿待了。这个狗对三个词最机灵,中国、扶余、二人转。有一回,半夜有人说梦话'二人转',它呲楞醒了,以为放二人转,汪汪大叫。"

老李又对福贵说:"他带你回中国。"

福贵兴奋地"汪汪"叫,咽唾沫。

"带你回扶余,看二人转。"

福贵高兴地晃尾巴。

"福贵,给他作揖。"

福贵站起来给我作揖,我用手接应,差点没给它回一个揖。

"月底我们回国了,阿巴干九月份上冻。福贵就得扔这儿,海关不让带毛的玩意儿出境,怎么整?"老李抱膝盖叹气。

我该走了。福贵碎步跟着我,眼睛仰视我,眉头有几根毫毛长长探出来,很认真,很庄重,像说:带我走吧!到门口,它咬住我鞋带不松嘴。

老李抱起福贵,它从怀里往外挣脱,鼻子一拱一拱地大叫,如孩子绝望时号啕大哭。

福贵像我的胃,时时刻刻想回家,恐怕它是永远回不去了。

白桦树上的诗篇

穆格敦是我在图瓦认识的猎人，他自称是诗人。他灰胡子灰眼睛，说话时眼睛看着你的一切动作，好像你是随时可以飞出笼子的小鸟儿。

穆格敦会说十分流利的蒙古话，他说是小时候背诵蒙古史诗《江格尔》时学会的，用词文雅体面。

他住的房子是用粗大的松木横着垛成的，在中国东北，这种房子叫"木刻楞"。

他说："你是作家，我是诗人。我们两个相会，像天上的星星走到一起握手一样让人感动。你会向我学到许多珍贵的学问。"

"是的。"我回答。

"唉！"他叹口气，"我要让你看一样东西，一首诗篇，它的题目叫《命运》。"

穆格敦从木床下面拎出一只桦树皮做的箱子，放在桌子上，刚要打开却停下来，走到窗边，指着远处一棵树说：

"就是它。"

"它也是诗人吗?"我问。

"你的问话很愚蠢,但我原谅你。它是一棵树,这个桦树皮包里装着它的子孙的命运。"

那是一棵白桦树,独自长在高处,周围没有其他树,地上开着粉红色的诺门汗樱花。

"回头。"他说着,打开了箱子。箱子里装满了金黄的桦树皮,上面写着字。

"每片叶子上都写上了字,是我作的诗。"

我等他说下去。

"你为什么不问后来呢?"穆格敦说。

我问他:"你在桦树叶子上写满了诗,后来呢?"

"这些诗是用岩山羊的血写上去的,一百年也不会褪色。你知道我写这些诗多不容易?"

"创作是艰难的。"

"不对,我越看你越不像个作家。创作很容易,创作诗最容易,比吃蔓越橘果实还容易。"

"后来呢?"我问。

"那时候,这些叶子还长在树上。我不能为了方便我写诗就让它们掉下来。我搬了梯子,在每一片叶子上写满了诗句,我的腿站肿了,胳膊比酸浆果还要酸。"

我仿佛看到金黄的桦树叶在枝头飞舞的场景。我问:"你为什么这样做?"

穆格敦很高兴我这样问他，说古代的诗人都这样。他左手握一把干枯的树叶，右手拿出一片，念："德行就是你把喝进嘴里的酒运到身体里的各个地方。"

他抬眼看我。

"好诗。"我说。

他念：

"羚羊的气味在岩石上留下花纹。"

"野果因为前生的事情而脸红。"

"人心里的诚实，好像海边的盐。"

"都是好诗。"我说。

他瞟了我一眼，"叶子背面还有字呢，这个——'下雪前一日，在三棵榆树的脚下，离家一公里。'这个——'已经穿皮袄了，独贵龙山顶的石缝里。'"

原来，穆格敦在白桦树的每片叶子上写诗做了记号，秋天至，风把这些叶子吹走后，他走遍大地一一找回来。他在找回来的树叶的背面再写上地点和气候。

我不得不说他是一个真正的诗人。

"你为树叶找回它们的孩子，找回来后，用树叶在树干上蹭一蹭，它知道它回家了。"

"在霜降的大地上，你眼睛盯着草地，当你发现一片有字的桦树叶时，就知道那是我写的诗，是我要找的叶子。"

"有一片叶子飘进了水里，我游过去，十月份，水已经很凉了。但它不是我要找的树叶,是楸树的树叶,但我也把它带上了岸。"

"最远的地方离这棵树有五公里,我不知道树叶带着我写的诗怎么会走了这么远的路。"

"可能有一些树叶被鹿吃掉了,有一些埋在雪里已经腐烂,我还在找它们。"

"你题诗的叶子一共多少片?"我问。

"989 片,我找到了 261 片。"穆格敦笑着说,"如果我在死亡之前能找到 700 片树叶,已经很不错了。"

沼泽里的歌声

洪巴图是我在图瓦国采风时的向导、朋友和冤家,他有琥珀色的眼睛、眉毛和坚硬的一字胡。黄眼睛有这样的效果——当对方直瞪着黄眼睛看你的时候,他分明已经把你看透了,而你根本搞不清黄眼睛里面在想什么。黑眼睛本来很深邃,但黑色——想一想吧——不跟黄皮肤搭调,跟白皮肤对比强烈,混浊显得奸诈,亮显得凶,淡让人觉得傻。黑眼睛在我们眼眶里叽里咕噜一辈子并不容易。我们表情上如果有什么不对劲,皆因眼黑,而黄眼睛已经把一切变得平静,像洪巴图这样。

我问洪巴图,从蒙古国到俄联邦的图瓦自治共和国来干什么?他说,第一,图瓦人和我都是成吉思汗的子孙;第二,我来调查图瓦天空的星星。

洪巴图说的"第二",我根本不往心里去,他随口说,是脱口秀。头几天,他对我说来图瓦是看一下公羊多还是母羊多。蒙古人、图瓦人、布里亚特人、楚瓦什人、埃温基（鄂温克）人都是北亚游牧民族，你不要问他们到这里干什么来了。这么问愚蠢，他们是游牧民族，他们自己也不知道到这里干什么来了。他们连什么时候来的都忘了，也不知什么时候走。生命一天一天挨过去，为什么要有目的？洪巴图对我说，他在乌兰乌德城里看到许多人登上一辆去远方的车，觉得他们是傻子。这些人在批发市场上了许多货，去别的地方卖。傻子，洪巴图说，生命不是用来做买卖的，也不是用来坐车的。他说，生命之正义是悠闲，反义才是功利。当然，洪巴图又对我补充一句，全世界最功利的人是汉地（中国）人，你们那么忙碌，你不觉得全世界的人都在嫉妒和嘲笑你们吗？你们为什么不觉醒呢？我如果说错了请不要生气，这不是我说的，是莫斯科出版的《生意人报》上说的。

不生气，我告诉洪巴图，三十年来，中国人吃的粮食里含有汉地科学家特制的化肥，对人体产生慢性的功效。第一种功效是停不下来劳碌，即使发生第三次世界大战也不会让中国人停下奔波的脚步；第二种功效是他们不太理会别人的讥讽、规劝和谩骂，听不出来。

真是好化肥，洪巴图说，汉地太发达了。

我们说话，坐着一辆驯鹿拉的车从克孜勒到阔腾。克孜勒是图瓦国的首都，人口两万。阔腾在山里，这里的山是萨彦岭的余脉，长满古代留下的松树。采松籽是图瓦国民的重要收入来源，会猫腰的人就会采松籽。人们去松林里采松塔，剥出指甲那么大的黄松籽，从入秋到初冬，每人可采一二百公斤，收入一到两千美元，政府收购。但大多数松籽还留在树林里，图瓦人成心不把松籽采尽，他们说这是动物的口粮，松籽腐烂了是大地的营养。动物口粮和大地的营养属于神圣的东西，图瓦人认为不可冒犯。把大地的果实全都收走，图瓦人认为这是"伙勒嘎西"（盗贼）的行为。

去阔腾是为见一个歌手，他叫帖木尔。洪巴图说他会唱21首"Da qing"（大清，即清朝）的歌曲。清末，图瓦归清朝管，有衙门官吏和乐队，帖木尔的爷爷X5代是乐队长。我带了一支录音笔，打算录下这些大清的歌，回国给满族朋友听，这是他们的祖音。

松树像父母一样俯视着我们，高高的树冠在风里微微颔首，伸张巨大的枝叶；松脂和腐烂的松针混合成印度式的香气，让人颓废。我坐在车上想起许多颓废的诗与歌，比如金伯格"我倾听焚烧钞票的声音"。比他更颓废的是加拿大的阿尔·珀迪（Al pardy，1918—2000），这位安大略省出生的加拿大皇家空军的退役士兵的诗是（大意）：在母亲的子宫，哥哥比他先到并走了，给他腾地方。他在母亲的子宫里寻找哥哥来过的迹象。

写得酷，即使到2028年中国第二次承办奥运会之时，中国诗人也写不出这么尿的诗。

"呼——"，我看见一个花头巾似的东西从路旁的树上飞进草地里。李虎!洪巴图说。

李虎是什么?我问,是鸟吗?是彩色的大蝙蝠?

最坏的东西,洪巴图说。他说话有时夹杂几句汉语,不知在哪儿学的,但都是反的。比如豆包,他叫包豆。牙齿叫吃牙。

怎么坏?

它,洪巴图说,比人还坏,骗你,不讲道德。

我说,动物用不着讲道德。

洪巴图用黄而迷茫的眼睛看我,你怎么啦?动物怎么能不讲道德?你看,驯鹿彬彬有礼,兔子彬彬有礼。李虎是坏蛋!

"呼——",那东西,也可能是第二个那东西,又从树上扑进草地。

还是它,李虎。它从草底下跑,爬到前面的树上跳下来,吸引你。

为什么要吸引我?

谁知道,一会儿你就知道了。洪巴图说。

驯鹿走着走着突然不走了。我闻到骚味。洪巴图说,李虎在前面的路上撒尿了,让咱们停下来。

我下车,见道中间坐一个动物,尖脸细嘴,双腿笔直,眼梢像京剧青衣的扮相一般挑向耳边。这不是狐狸吗?它咬人吗?我问。

对,虎李,我记成李虎了,这是汉语。它不咬人。

我们走过去，狐狸安之若素，如入定。它更像一只宠物狗，身上堆积金红色、白金色蓬松的毛。我们站在它身边看它，它坐着看远方，像回忆西皮流水反二黄的唱腔。

日本画家加山又造画过许多狐狸，我对洪巴图说，特漂亮。法国民间故事里的狐狸列那，聪明可爱。可是，李虎坐在这里干什么呀？

在听你说它好话，洪巴图说。

李虎点一下头，转身向左边树林跑去，回头看我一眼。

洪巴图指着狐狸说，它让你跟它走，但你要走在我后面。

洪巴图迈着俄联邦军人的步伐走在李虎后面，边走边说：你们，汉语叫葫芦。我纠正他，狐狸。洪巴图说，是的，狐狸，你们吃喜鹊，叼着喜鹊的翅膀冒充是喜鹊；你们从窗户往屋里放屁，让我头疼三天，以为得了癌症。狐狸，你不让驯鹿往前走，让大清的歌声停止了，你要干什么？

洪巴图大声说，李虎小步在前面颠跑，绕了一个小半圆。洪巴图抄直线走过去，"呜——"，他大喊。

我一看，洪巴图斜着躺进草里，右手紧紧抓着身旁的树枝。我进沼泽里了，坏蛋狐狸，把我骗到这里了。

我跑过去。

不，洪巴图大喊，你不要过来，不然咱俩全完了。

我住脚，沼泽。我在电视里看过人在沼泽越挣扎越陷入直至泥沼淹没鼻孔的镜头。你别紧张,洪巴图。一瞬间,我脑子里不道德地闪过我们集体向他遗体默哀的场景。

我在脱裤子,他说。洪巴图一手拽树枝,一手解裤子,泥沼已没至他腰。他仰面,侧身滑入沼泽里面。脱掉衣裤,人身体下沉的重力会少多了,洪巴图还是有办法。

坏蛋,他咬着牙骂狐狸,我要活活咬死你,像你活活咬死山鸡那样。李虎坐在边上看他。

说完,他仰面喘息。洪巴图说,他手里拽的这根树枝太细了,不能使劲拽。他说,我要死了,要给我自己唱个歌——山啊,山一样生长的是红檀香木,连长哥哥噢。水啊,水一样丰满的是我的思念,连长哥哥呦。等着啊等着啊,你也不来……这是科尔沁民歌《洪连长哥哥》。

怎么办?我特自私地想到,天黑了怎么办?我还在这儿守着他吗?

这时候,李虎跑过来,嘴里横着东西。它到我脚下松开嘴,哇,一根拇指粗的牛皮绳,很长,足有七八米长。洪巴图,绳子来了。

他的声音已经发颤,泥堆在心脏部位,肺的呼吸就减弱了。他说,把绳在树上绕一圈,你拽一头,另一头给我。

明白了,我把牛皮绳在松树上绕一圈,一头系在我腰上,另一头甩给他。我把所有衣服脱掉,像一条鱼一样自己爬到洪巴图身边。他松开树枝,拽那个绳子,我拽他的手。然而我拽不动他,像拽一块石头。但我真不愿意看一个人,尽管是黄眼睛的人,在我眼前死去,拼命拽。

这时,李虎在边上狂跳,用后腿刨土,往右跑,又回来。

找驯鹿,这是狐狸说的话。洪巴图低声说。

李虎让我去牵驯鹿,它太聪明了。

我把腰上的绳子在树上系个死扣,光着身子,像野人一样跑到驯鹿旁。驯鹿吓得直跳,它有可能是母鹿。我把驯鹿从车上卸下,牵到泥沼旁。

我把牛皮绳挽个套,套在洪巴图腋下,另一头系在我腰上。我骑上驯鹿,抱着它脖子,右手拍它肋部,说:介!介!

驯鹿奋蹄前进,我听到洪巴图嚎叫一声,回头看,他像一头肮脏的猪被拖出泥沼。他的嚎叫让驯鹿害怕,跑起来。洪巴图拽着绳子,喊:停下来!停下来!我的老二完了!我急忙下来,拦住驯鹿。又去照看洪巴图。

不!洪巴图手捂老二,说,快把驯鹿套在车上,不然它会跑掉。

我把驯鹿套好,回来,看洪巴图上身是泥,下身是泥,中间穿着我的裤衩,浸出血。

被灌木刮坏了,他指着裤衩说,不过比憋死好,以后也不会因为偷情而挨打了。

我扶着他往车边走,李虎跑过来,把嘴顶在我脚上,嘤嘤出声。你差点害死我，洪巴图说，不过它有事找你，你跟它走吧。

李虎扭头跑，回头看我。我和洪巴图一起随它走过去。

不远，李虎站在一个大坑边上。这个坑有一人深，最奇怪是这个坑直上直下，像个筒子。

陨石砸的坑，洪巴图说。他趴在坑边看了半天，说坑里草丛有狐狸崽。

噢，李虎是让我们过来救小狐狸崽。这么深的坑，李虎跳下去上不来。

我打算跳下去，洪巴图说别跳，会把狐狸崽踩死。他说本来不该救这个狐狸崽，大狐狸差点害死他，但狐狸叼来了绳子，就救吧。我问洪巴图，狐狸为什么会有绳子呢？洪巴图说，它偷的，藏起来了。他把牛皮绳系我腰上，我蹬着坑壁慢慢下去，把小狐狸举上来。又在地上摸了摸，没摸到陨石。之后，我被洪巴图拽上来。

我上来时，李虎领着小狐狸已经跑远了。我和洪巴图走到车边上，李虎领着小狐狸又出现了。小狐狸白色微黄，比猫略大，李虎把嘴顶在我鞋上，嘤嘤其鸣，眼边的毛上散落泪水。

穆热格间（跪拜呢），洪巴图说。

狐狸竟然在跪拜，它俩又在洪巴图鞋前跪拜。

佳、佳（行了，行了），洪巴图双手平伸，这是还礼。

我也双手平伸,还礼。我们上车了,去找大清歌手。我从车棚往后看,见狐狸一大一小,一红一黄,坐在路上向我们行注目礼。

它为什么把你引进沼泽地呢?我问洪巴图。

我骂它了,它不高兴。他说。

佛经说,嘴是漏福的地方,说得没错。他又说。

你到过月亮吗？

女厨师回家后，接替她的是蒙古族姑娘萨仁其其格。她是医学院毕业的大学生，找不到工作，上这儿当临时工。

萨仁其其格娇小本色。我的意思说她不像成年人，也不像在外地念过大学的人。她眼神如小孩子看大人，纯净安然。她名字的意思是"月亮上的花"。

我问她：你到过月亮吗？

她认真回答：没去过。

一次也没去过？

一次也没有。

我说你是月亮上的花啊，她想了半天（其实不用想这么长时间），说：是。

女厨师做包子，萨仁其其格做馅饼。这馅饼特别好吃，有劲。我知道以"有劲"说馅饼不达意，但吃着确实有劲。

我吃了三顿馅饼，对萨仁其其格说，你做的馅饼真好。

她笑着点头,好像示意学生——"你答对了"。

怎么做的馅饼?

肉干。

肉干能做馅饼?我觉得有点离谱。她领我到厨房,一根绳子上挂一串肉干。我摸一下,比铁都硬。

你怎么剁馅?

用石头砸。

简直没听说,用石头砸。不过菜刀也剁不了这样的肉干。水缸下面,一块积酸菜的大青石上放一块鹅卵石,沾着肉干的沫。

这几顿的馅饼都是你拿石头砸的?

她点点头,年头越长的肉干做馅饼越香,这都是晾了三年的。

我握那块角瓜大的鹅卵石,腕子都酸了。我觉得我的胃充满了内疚,吃一个小姑娘用石头砸出来的馅饼,还说有劲。

一斤鲜肉煮熟剩四两,晒成干连一两也不到,太浪费了。我说以后不吃馅饼了。

她说没关系,肉干是我从家里拿来的。

一个人从家里拿肉干给苏木的客人吃?也就蒙古人能干出这样的事。我问为什么?她眼里闪出敬佩的光彩,你是诗人。

在蒙古语里，诗人这个词比作家尊贵，不光说文体，还意味着纯良。腾格尔对别人介绍我，也说"这是我们蒙古人的诗人"，我说不是他不听。

我说我不是诗人，我只写一点散文。

你是诗人，萨仁其其格说，我中学的蒙文课本里有你的诗。蒙古人把喜欢的作品也叫作诗篇。

我默然。就算诗人，也不能挥霍牛肉干，我不成王三了吗？她的肉干砸成沫，放在芹菜汁里醒，加上洋葱拌馅，确实好吃。

老师，我哥哥想见你，她仰脸说。

来吧。她掏手机，兴奋地说了一通。三个小时后，她哥到了。哥哥脸上的皱纹像被风沙吹成的丘壑，岁数几乎比妹妹大一倍，衣装破旧。

肉干是哥哥给的，让我给你做馅饼，妹妹说。

哥哥笑笑低头，意思是微不足道。

吃饭了，还是馅饼，他们俩吃大米饭。我问怎么不吃馅饼？他们说不爱吃。我心里明白，这是蒙古人的礼数，不跟尊贵的客人同饮食。我更加内疚。

吃完饭，哥哥说回去了。他骑马走四五十里地专门看我。分手时，他站着认真地看我，像看一幅画，笑了，挺满意。

萨仁其其格送哥哥到门外，回来说，我哥说你的诗比一车肉干都值钱。

这不是好不好意思的问题了，我想了很长时间。且不说我写的作品马马虎虎，值不上一筐肉干。是蒙古牧民有一种独特的观念，他们觉得，文学艺术家为大家创造了公共财富，每个人都应该报答他们。这让我有点抬不起头来，回去得学习写诗了。

图瓦大地

对岸的云彩

我写作不怎么使用"美丽"这个词,觉得它是给偷懒者或儿童用的。可是,看到从克孜勒城北面流过的安加拉河的时候,我心里浮出的词就是"美丽"。

对河水而言,"美丽"说河面的温柔丰腴,水鸟追着河水飞翔。杨树倒映在水面,看得清叶子背面的灰。河怕扰乱杨树映象,似乎停流。水面浮走的水泡证明它还在行进。野花十几朵挤在一起摇摆,开成圆筒粉花的风信子,细碎微紫的马钱花,黄而疲倦的月见草花,在岸边伸长颈子观察河水。河水保持着荒凉中的洁净。

九十九条河流注入贝加尔湖,只有安加拉一条流出。它汇合叶尼塞河投奔北冰洋。当地传说,安加拉是贝加尔湖宠坏的女儿,与小伙子叶尼塞私奔了。

我在安加拉河边跑步,脚下是石板、草地或沙滩。跑五公里,到——我也不知这叫什么地方——还在河边,歇息。左面一座高崖,像城墙垒到河边停工。对岸有一处铁道线，偶过蒸汽机车，烟气纠结不散，白得晃眼，像被天空遗弃的私生子云。

仰卧起坐中发现，崖上坐一个姑娘，俄罗斯人，而不是常见的图瓦人。她的象牙色的长裙从膝头垂盖草丛，身边蹲一只黄狗。在旷野里见到一位姑娘，思绪被她牵制，至少对我来说是这样。我做一组这个看一眼她，做一组那个再看，后来索性不活动，看她。因为是早晨，河面的风吹得她的金发微微颤动，她不时把裙子拎起来掖在腿中间。这时，对面一列火车开过来，黑色的货车。姑娘猛地举起一束花（她手里竟有花束），举得高高的，左右摇摆。火车传来汽笛声。

姑娘花束，火车汽笛，中间隔着温柔的安加拉河。我几乎要赞颂，这是意大利电影才有的浪漫。

火车驶远，变小，姑娘举花束的胳膊慢慢落下，黄狗冲火车叫个没完，嫉妒。

我回转到宾馆，其实整整一天，脑子里在还原这个场景。第二天和第三天，我在河边又看到此景。不同的是，第三天姑娘换了一条天蓝色的裙子。

我原本想登上高崖，路很远。高崖是凸凹的页岩，像中国人说的龙，越近河岸越高，姑娘在龙头上。我在下面仰望吧。

姑娘向火车挥动花束，汽笛回应。花束每天都不一样，紫穗的苋草，橙色的秋萝，菊花般的铁线莲。西伯利亚的野花太多了，采不完。

第三天，我边走边回头看姑娘，竟走进羊群里，吓了一跳。一个图瓦人赶着羊群来到河边，他头上包裹义和团式的红头巾。我对他笑，他回笑。

我指指崖上的姑娘。

牧羊人说："唉，她是瞎子。"

"她不是每天向火车挥手吗？"

"噢，"他瞥一眼对面，"开火车的是她相好，当兵的。我见过他们在一起。军人，不一定哪天就走了。"

他用牧羊鞭指前面："你顺着这条小道从崖下绕过去，在桥边，就见到姑娘了，那是她必经之路。"

我来到桥边，不知为什么，心"怦怦"跳起来。想到她是盲人，安稳点儿。姑娘走过来，手牵黄狗，手臂伸挡眼前的树枝。她走得那么骄傲，双眼在眼窝里闭着，脸上有笑意。我屏息，像仪仗队员一样挺直身子，怕她发现。姑娘走远，红地儿白花的裙子从草丛一路扫过。盲人向火车挥动花束，她怎么采到那么多好看的花呢？

早起，我跑到河边，姑娘已经在崖上，穿一身白衣裙。时间到了，该死的火车还没来。

过了半个多小时，火车从地平线出现，是一列绿色的客车，不是黑皮货车。车声渐大，姑娘站起来挥动花束，这捧花比昨天更鲜艳。她挥动，不停地挥动，火车一声不吭跑远。

姑娘站着，花束贴胸前，看不到她的脸。黄狗朝绿色的客车怒吠，像骂它忘恩负义。

西伯利亚的火车，不一定按时刻行驶，车次也不固定。那个当兵的如果不走，应该让姑娘知道才好，这只是我的想法。后面两天，绿客车天天开过来，不向花束鸣笛，姑娘在火车开走后站立很久。

离开克孜勒那天，别人午睡，我来到高崖上。这一块青石姑娘坐过，下面的青草依偎在她裙边。地上，躺几束枯萎的花束。我拿起一束，迟疑地向空旷的对岸摇一摇，没回应，云彩若无其事地堆积在对岸。摇动中，干枯的花瓣撒落在青石上。

大　清

巴彦伯、托托、杰日玛,另一位的名字我记不起来了,是图瓦国的呼麦歌手。他们让我惊讶的,是每人脑后梳一条鲁迅说的"油光可鉴"的大辫子。

呼麦,在图瓦叫"呼美"。如果用"民歌地图"来述说蒙古音乐风格,长调始于锡林郭勒,穿越蒙古国和俄联邦的布里亚特。到达图瓦后,节奏鲜明,气味趋近高加索。伴奏乐器弓弦越来越少,弹拨越来越多。他们演唱的歌曲如马蹄踏石,节拍每分钟在160—180左右。

我们约他们拍摄节目,在叶尼塞河边。

在这儿,河流由东转向北,在镜头里是蓝色的,又有远山更浅的蓝。他们的演出服是蒙古袍,皮靴足尖上翘(满洲样式),纯银火镰挂腰上,最豪洒的是他们的辫子。在中国,见不到辫子了,大姑娘都不梳。

我怕冒昧,还是发问:"你们的发式……"

"大清发式。"巴彦伯自豪地回答。

两鬓剃除，余留成辫，清朝官民皆如此，这会儿见到了真人。见到便想到，男人要是衰老，白发脱发，从辫子上一眼就看出弱，难怪李鸿章爱戴一条假辫儿。

他们唱，我们录。呼麦，是一个人哼唱两个旋律，还当别人演唱的背景音乐，类似长笛、圆号或低音提琴的音效，当乐队用。当然他们有乐器。我边听边想，这种演唱其实可以赚大钱。他们说去过纽约和伦敦，没赚到什么钱。夏季，他们每人每天的演唱收入平均不到人民币五元钱。其他季节没游客，也就没收入。

有经纪人吗？他们说有，罗伯特·休，图瓦唯一的美国人。

演唱休息时，托托对我说："我们崇拜大清。"

我不知该怎么说，问："是清朝吗？"

"对。"巴彦伯眼里燃起神往的光彩，"大清，一个谦逊的帝国，了不起。"

我按说比他们了解大清，至少电视剧看得多，但这个话题让我不知说什么好。十八世纪，图瓦曾是大清版图的一部分。

"你们对大清的美好印象，能说出一个例子吗？"

"谷歌。"巴彦伯竖起右手大拇指。

谷歌，他们上网搜索大清？

杰日玛纠正："故宫。"

"也许是。"巴彦伯说，"多么大的院子啊！铺满了青砖，一万名官员下跪,'扎!'是真正的帝国,俄国人只会武力。"他竖起小拇指,再把指甲弹一下,像剔鼻涕渣。

"你们怎么了解大清的?"

"太爷说过的。"巴彦伯说。

"图瓦人留辫子的多吗?"

"过去的老人,偏僻地方的人现在留辫子。"

巴彦伯说,图瓦人辫子是跟满洲人(满族人)学的,出自萨满原典。辫子在头顶,代表灵魂。阵亡的满洲人要是带不回尸体,他的辫子也能入祖坟。两鬓剃发,是让太阳光照在太阳穴上。满洲人认为,辫子地位最高,不可污损,男人没辫子等于没灵魂。

这时,一个欧洲人走进帐篷,是休,刀脸,淡黄的眉毛近于乌有,裤子上有七八十个洞,露着肉和汗毛。录制节目没有告诉他,他很不满意,说,这个节目如果录了,中国市场就没了。

歌手说没关系,中国是大清的故乡。

休说,如果他们非要录,合约中香港、台湾的演出将取消。

他们说香港、台湾不值一提,北京才是他们向往的地方——故宫。

休气愤地挤眼,再挤眼,转身走了。

巍峨的金銮殿,红宫墙的黄琉璃瓦,男人化装成女人唱戏——这是巴彦伯心中的北京,他在纽约唐人街图片上看到的。

"我们能去北京吗？"

制片人说："能，太能了。北京欢迎你们。"

欢迎这个词让他们不好意思。他们互相看，互相不好意思。在图瓦，词是词本来的意思，不随便说。"欢迎"让他们感到自己矮小。最后唱一首歌是《大清啊大清》。

"宫殿的檐角隐现在云端，它的名声人人啊知道。火焰珊瑚堆成假山，路旁生长椰枣和肉桂树，老虎在大街上睡着了。大清啊大清，万国向你致敬。大清啊大清，走在你的土地上，我找不到回家的路。"

歌词翻译，我止不住大笑。这哪是大清啊？康熙皇帝没听过这个歌真是可惜。歌手们脸上诚挚的表情在说：一个王朝的美不容怀疑。这个歌唱一百多年了，大人小孩都相信珊瑚的假山、肉桂树、老虎在大街上睡觉。

我给别人讲图瓦男人留辫子的事，他们不信，更不信南西伯利亚的图瓦人怀想大清。有一次，央视国际新闻播出最后一条，普京领两个女儿到图瓦度假，画面上，普京坐在篝火边，身旁是巴彦伯和托托。

我起身指着电视喊："巴彦伯，辫子！"

家里人吓了一跳。留辫子的巴彦伯们两秒钟就消失了，但被我看到。歌手也许正唱《大清啊大清》，没人告诉普京，图瓦人喜欢大清。

黑顶山雀

姜嘎这个名字来自史诗《江格尔》。力大无穷的英雄江格尔，在南西伯利亚的图瓦国，读音变成了姜嘎。

姜嘎每天上午10点到宾馆来——宾馆在清澈的安吉拉河的南面，是国宾馆。虽说是国宾馆，房子却很小。走廊铺着厚厚的羊毛地毯，墙上挂着大幅油画，整个宾馆只有二十多个房间。一些国家的元首来图瓦，比如芬兰总统和德国女总理到访，都住在这里。现在宾馆里只住两个人——我，另一位是从印度来的西藏喇嘛。

姜嘎25岁，弯弯的眉毛像镰刀罩在黄眼睛上，脸像北京烤鸭那么红而亮，他是我雇来的向导和翻译。我们今天去呼斯腾湖，姜嘎说那里有会唱歌的鱼。

"是鱼还是海豚？"我问。

"鱼。"他模仿鱼的歌声，听上去比人唱得还好。

在湖边，我们看到了倒映在湖水里带细波纹的白桦树，看着比岸上更静谧。开满红花的湖岸如玛瑙的腰带束住了湖水。在呼斯腾湖边，几乎每一株草都开着花，可能跟现在是六月份有关，人脚踩下去生怕踩到了花身上。南风吹来沁骨的凉意，带着森林里腐殖质的气味。

姜嘎对着湖面唱起了低沉的呼麦，三个乐句，回环唱。他告诉我："快了，鱼听到我的呼麦就要浮到水面上唱歌了，但它要钻进对岸横在水里的榆树的树洞里唱歌。"

我们等鱼出来唱歌，还有红脑袋绿身子的小鸟。"这么好的东西不会说来就来，这和天气和它们的心情有关，所以我们要耐心等。"姜嘎说。

我不信世上有会唱歌的鱼，就像我不信世上有会唱歌的玻璃，姑且听之信之。在图瓦，神话、民间故事和现实是可以混淆的。

我们从湖边绕过去，穿过一米多高、开蓝花的马兰。一棵胸径两米多的大榆树倒地腐烂了，一半倒在水里，上面有蜂窝、鸟巢和蚁穴，结满蛛网和树胶。露出水面的树洞边上漂着野枣的小黄花。

"呜、哇哇、嘀哩哩、呜！"湖面传来这样的歌声。

"鱼来了。"我说。

姜嘎摇摇头，他闭着眼睛倾听辨别。我已经看到，远处有人坐在岸边的船上，吹一根苇笛，他长着浓密的胡子，最奇怪的是手上戴着镣铐。

"可能是鱼，但声音像另外一条鱼。"姜嘎仍然闭着眼辨析歌声。

"是的。"我说,"鱼长着胡子。"

"长胡子?"姜嘎吃惊地睁开眼睛。我手指小船。

"噢。"他点点头,"听说过,囚犯。"

"囚犯?关在船上了?"我不解。

姜嘎笑了,说:"你们中国的囚犯都关在监狱里吧?我们不是这样。这个人用黏豆包噎死了一个哑巴,被判划三年船。"

"怎么回事?"我问。

"是这样。他叫叶戈尔,照顾一个哑巴,送饭啊、送熏蚊子草这些。谁也没听过哑巴说话,也不知道他从哪里来。哑巴在一个山洞里苦修。叶戈尔那年种了不少黍米,就是大黄米,可黏了,假牙最怕这个东西。叶戈尔把他蒸的黍米黏豆包送给哑巴,还有红糖和奶油,蘸着吃。哑巴吃完就死了,撑死了,也许噎死了。我从来不吃那东西,消化不了。叶戈尔很伤心,去首都克孜勒自首,请法院惩罚他,到树林里伐木也行,上山搬石头也行。法官们想了好几天,判他戴着镣铐在这个湖里划船三年,现在已经两年多了。"

我们走近,这个囚犯很年轻,也就二十多岁,脸包在胡子里,露出的双眼很清澈。他用双桨划一个小铁船,船用铁链子系在树边的核桃树上。他一下一下划,水波从他桨下荡过,船原地不动。

我向他摆摆手。姜嘎说:"别招手,别和他说话,打扰他服刑。"

"那么,"我问,"原地划船对他罪行有怎么样的救赎呢?"

姜嘎说:"法官告诉他,划船的时候要想着死去的人,忏悔。"

"他想了吗?"

"肯定想了,你看他眼睛多后悔。"

囚犯垂下眼帘,他手铐的长铁链挂在脖子上。

划呀,划。周围是湖水和森林,他真是太孤独了。

我问,"有人监督他吗?"

"没有。监督他不是浪费别人的时间吗?"

"他偷懒吗?"我又问。

"不会,哪有那样的人?你已经犯罪了,怎么能不好好悔罪呢?他天天都来这里划船。下雨打雷天,有人还看见他在这里划船。"

"每天划多长时间?"

"一上午。"

"划船的时候可以吹苇笛吗?"

"可以,唱歌什么都可以,只要不离开这个船。心里悔罪,干什么都可以。他原来不会吹苇笛,是最近学的嘛。"

"划完船回家吗?"

"回家。放羊,采蜂蜜。"

"哑巴很可怜。"

"就是，真可怜。别说话，你看——"

一对红脑袋、绿身子的小鸟从水面飞过，听声如"滴卢——"。叶戈尔在岸边划着桨，他的前额、鼻梁晒成了紫檀色，没系拢的亚麻上衣领口露出发达的胸肌。

我们往前走。姜嘎蹲下，指湖面说："看那边——"

湖面有几只张圆的嘴，鱼嘴。

"你听。"

我听到一阵颤音，像拨一根松弛的琴弦。

"这就是鱼的歌声。"姜嘎神秘地说。

那些像圆圈似的鱼嘴，原来在唱歌啊。

这时，和我住一个宾馆的喇嘛蹒跚着走过来，他身穿紫红袍子，手里拿一个铜壶，还有一根树枝，枝上挂着鲜艳的黄杏。

我们双手合十，喇嘛放下水壶和树枝，对我们合十。

"您在做什么？"我问。

他把脸往划船者那边偏一偏："给他。你们在看什么？"

"听鱼唱歌呢。"姜嘎说。

喇嘛笑了，"鱼哪会唱歌？往上看。"他用下颌指树。

树上有啥？我没看出来。

"黑顶山雀的叫声。"喇嘛说，"它吃虫子，鱼爱吃它的粪便。"

"声音不好听。"我说。

喇嘛歪过头看我,"怎么会好听?哭呢。"

"鸟会哭吗?"

喇嘛并不回答我的问话,仿佛自语:"在山洞修行了那么多年,没得到正果,哭呢。"

他不是说哑巴吗?

"船不动,心动;都不动,就到彼岸了。山雀超度自己,也超度他呢。"喇嘛微微晃动树枝,凝视湖面。

我对姜嘎做个手势,我们俩偷偷走了。走很远,我回头看,喇嘛用水壶冲洗杏子,递给叶戈尔。叶戈尔吃着杏,把核扔到湖水里。

婚礼记

在炎热的六月，我身穿黑水獭皮滚边的海青缎面皮袍子，头戴高耸的羊羔皮帽，脖子上涂的香料令人晕眩。我满脸淌汗，端酒杯与陌生人对饮，向他们行鞠躬礼——这不是梦境，是去年的一场经历——身旁，是我的"新娘"阿季阿兰。我总算把她的名字记住了。

这个巨大的白帆布帐篷，能装五十多人，没桌椅，熟肉堆在地面塑料布上。食用固体酒精勾兑的酒在饮马石槽里荡漾，随便取饮。

我的"婚礼"，实为阿季阿兰的婚礼，地点是俄国布里亚特共和国乡下的草原。

事情是这样的。

为做一档电视节目，我们一行人围绕贝加尔湖，寻找蒙古文化的遗音。昨天，于乌兰乌德市兵分两路，我和摄像师占布拉搭一辆卡车前往湖边的塔布。司机谢尔盖是俄罗斯小伙子，已经醉醺醺。车上，占布拉（兼翻译，而我能听懂一点点布里亚特语）向司机炫耀中国的富裕：我们一幢楼比你们五幢楼叠起来还高（这里多为二三层楼），我们的电视有五十个频道，我们吃肯德基都吃腻了，我们……我暗示占布拉换话题，他可能太想念祖国而滔滔不绝。终于，司机停车，绕过车头开右边车门，让我们下去。

我道歉并提出加钱，司机不屑，把二十美元车费和中国产清凉油扔地上，拽我们下车，说："傲慢的中国人，你们有钱，但没有森林和正直的心灵。"

司机——带着正直的心灵把这辆吉斯牌卡车开向远方，我们像两个蚂蚁被丢弃在南西伯利亚。我痛斥占布拉的愚蠢，告诉他，中国人刚富几年？穷人乍富，显摆啥？该！可是，这条路还有车过吗？

"写遗书吧，在咱俩变成木乃伊之前。"我说。

占布拉以比蚊子还尖细的声音回答："摄像机还在卡车上。"

该！还管什么摄像机，我想应该去寻找村庄。如果没村庄等着我们，就只有死亡等我们。我和占布拉的手机都没办国际漫游，联系不上剧组。该！

我从风中的气味判断西南方向应该是森林的边缘，果然走出了森林，用了两个小时。占布拉提出休息，我说，你不断思考自己所犯罪孽就不累了。又走了一小时，遇见草场，绿汪汪的点缀鲜花，有没有人？占布拉说："多美！

要有摄像机就好了。"蠢货，还是不累。

走着，大脑和腿都麻木了，突然见到前面说的冒炊烟的大白帐篷，人们攒动，衣服鲜艳，像一场婚礼。

走近，我们伸出双手——人其实都有乞讨的本能——给我们吃的、喝的、睡觉的床铺吧！

人们端来矿泉水和洋葱抓饭。这时，一位威严的长者用手势阻止。长者蓄油亮的黑胡须，目光锐利，披一件阿富汗总理卡尔扎伊式的长袍，问了我们姓名、来干什么。然后告诉身边的人（名海日苏）带我去换衣服。

换衣服？吃饭或者说乞讨难道要换衣服？海日苏告诉我：呼伦巴雅尔（长者）说你相貌端方，有尊贵的"鲍尔吉"姓氏，是伟大的成吉思可汗的后代。他决定选你做他的女婿，今天的新郎。

啊？我问是不是玩笑，海日苏答不是。我又问：原来的新郎呢？他答：等他等了五六个小时，不等了。

不等了？难道这是看电影吗？我想了想，这是一场婚礼，并且是一次婚姻。谢绝？我的消化系统发出呐喊：不！不应该轻易说不，而说"耶"！

我换上华丽的新郎礼服，吃之喝之。"新娘"阿季阿兰，恐怕只有十九岁，但已很丰满，眼梢嘴角都上翘，蛮美的类型。她对我似乎很满意。在众人的怂恿下——俄国婚俗，大家喊"苦啊"，新人接吻——我和她接了二十多个吻。我成为"新郎"，把占布拉乐坏了。他给我梳头，不断往我嘴里塞口香糖。而我，手端镂刻花纹的银酒杯，挨个儿看眼前纯朴的布里亚特蒙古人，他们眯着眼，面黝黑，眼睛带着笑意。他们祖先里面到达中国的人，被清朝皇帝赐名为"巴尔虎人"（虎旗军）。我在想，我已有妻，在中国；在此又得到一位比我女儿年龄还要小的媳妇儿，怎么办？这里的文化没有"怎么办"以及"以后怎么办"，纯朴和当下欢乐是生活的全部内容。我曾问海日苏，我和新娘要入洞房吗？他答是的，生出很多孩子。难怪阿季阿兰对我眼波烁烁，那是对三个，不，六个孩子的期待。

别了，祖国的亲人，闲暇来布里亚特草原找我吧，带上中国的好东西给孩子们。好了，就这么办！我把心念刚转过来，又有事情发生——新郎出现了。猜猜他是谁？司机谢尔盖。

他换上一身新西装，与呼伦巴雅尔（我今天的岳父）、阿季阿兰（我未进洞房的新娘）激烈争执。谢尔盖！是你把我们扔在森林，又因为酗酒迟到而失去新郎的资格，该！现在来抢我的新娘，呸！

人们静下来，谢尔盖阴沉沉走过来，说要和我决斗。呼伦巴雅尔、阿季阿兰和所有人都看我们俩，看不出他们希望谁赢，这是他们的文化。我想了想，还是认输吧，能打过他吗？但内心的基因说不能说不。我，把袍子脱掉，表示开始。袍子、酒以及不知什么东西起了作用，总之奇迹发生。小时候我跟一个回民练过摔跤。此刻，我用手别子摔倒这个吃瘪新郎,又以"德和勒"再次把他摔趴下。人们雀跃,把新郎袍子披在我身上。

这一刻,我完全清醒了,发表演说让占布拉翻译:"在这个帐篷里,我远离了森林死神的召唤,得到你们美好的款待并荣幸地成了新郎。但我想念我的家,我要回家……来,祝福谢尔盖和阿季阿兰成为夫妻吧,生一百个孩子……"

原以为,我这番话会招来一顿殴打,不,是一片掌声,像敬重一位绅士。我把袍子披在谢尔盖肩上,把羊羔皮帽子扣在他的金发上,之后,我醉累交加,倒地不醒。

次日黎明,占布拉叫起我,我们登上谢尔盖的吉斯牌卡车。占布拉抱着摄像机赞美眼前的一切。谢尔盖表情甜蜜。上车前,阿季阿兰拉着我的袖子说:"你才是我想得到的新郎,你还会来吗?"

我说:"可能不会来了。"

"别这么说,会的,生活比我们想象的神奇。"

但愿如此。汽车向塔布开去。

三姐妹

来图瓦之前,我听说那里有一种奇特的花,叫"三姐妹"。一株花的同一茎上并排开放粉红、乳白和浅蓝三朵重瓣花。从植物学说,这不可能,上帝没这么安排。但生活中未必没有,况且图瓦位于西伯利亚南部,植被丰富。

皮埃尔-约瑟夫·雷杜德(1759—1840)是历史公认的玫瑰记录者,他的《玫瑰图谱》记录过野蔷薇"七姐妹",蔷薇科,蔷薇属,又名"大叶野蔷薇"。它的花一茎七朵,从浅红到深红,羽状复叶,通常有五枚细齿卵形小叶。雷杜德并没提到"三姐妹"。

而"三姐妹"太奇怪了,它的花完全不在一个色系上。我觉得我如果能发现这种花,拍一张照片卖给法国人就能赚到钱,花包含着他们国旗的颜色,虽然花不能带出图瓦国境。我所知道的"三姐妹"的记载见于约翰·林立(1799—1865)的《玫瑰学历史专论》,他是伦敦皇家园艺协会的秘书,植物学家。林立没说他见过三姐妹,他说此事见于西伯利亚图瓦人的传说。

在图瓦，我问洪巴图——他是蒙古国古尔格朗人，红脸膛，眉毛、一字胡和眼珠全像琥珀一样黄——你见过一根茎上开着三朵花吗？

有，太多了，野花都是这样。洪巴图说，我和他用蒙古语交流。

我说的是不同颜色的花。

用颜料染上就是不同颜色的花了。

洪巴图，我庄重地说，在图瓦有一种花叫"三姐妹"，是野玫瑰花，这是世界上稀有的花朵，值很多钱……

能买一辆三菱吉普吗？他问。

能，我回答他，如果这种花一根茎上开着红的、白的、蓝色的花的话。

是一个花瓣红、一个花瓣白、一个花瓣蓝，统共三个花瓣吗？

不是！洪巴图，你又在胡说。是一朵红花、一朵白花、一朵蓝花开在一根茎上，三姐妹。你见过吗？

见过，他满不在乎地回答。

洪巴图跟阿凡提差不多，蒙古人当中也有这样的人，叫巴拉根仓。阿凡提、巴拉根仓和洪巴图抹杀了现实和虚幻的区别，都是爱说谎者。我问他：你在哪儿见过这种花？

他答：在上海见过。

我说：你根本没去过上海！

就算我没去过上海，我也见过这种花，也可能是在泡然（波兰）见的。

我指着他说，把想象停下来。我昨天才告诉你世界上有一个国家叫泡然（波兰），那里出了一个钢琴家叫肖邦。

洪巴图想了想说，但我没有见过肖邦。

这句话说对了，我鼓励他，你坚持每天都说真话，习惯就好了。你想想，你见过"三姐妹"吗？

想事情会让我痛苦，我从来不爱想，今天为你想一想吧。洪巴图摸摸一字胡问我：想事情对我有什么好处？

我把一支中国烟递给他。

洪巴图先闻这支烟，点燃、吸入、喷出，他指着烟雾说，看到没有，烟雾里有字。

我问什么字？

洪巴图轻蔑地看我一眼，这是俄文字，你不懂——达，日达拉斯维节，克达依——中国伟大。

你想一想三姐妹。

洪巴图说，我要吸第二口烟，看烟雾里面说什么。他深吸，挤一下眼睛喷出烟雾，瞪大眼睛看，说：啊，不会吧？三姐妹怎么会在那里？

哪里？

阿巴干上面的米努辛斯克上面的克拉斯诺亚尔斯克水

库的东岸。

这是烟雾里写的吗？

洪巴图指着几乎散尽的烟雾说，明明白白写着吗？俄文，你不懂的。

我有些恼火，说，洪巴图，不要再开玩笑了，我再说一遍，你如果在什么地方见过三姐妹，就领我去拍照。没见过也没关系，你要用脑袋思考，要回忆，不要用烟雾骗我。

是的，洪巴图惭愧地低下头，用手抹一把脸，说，我昨天喝酒太多了，脑子比羊圈还乱，我要好好想一想，明天告诉你，不过我二十多年没思考过事情了。

第二天早上，晨曦洒在黝黑的松林顶上，像晾晒一块刚洗过的金红色的毯子，鸟群在上面翻腾嬉戏，比剧场还热闹。我住的牧羊人的木刻楞房子前面，地上有一尺厚的白雾，好像从松林跑出来晒太阳。往远看，更厚的白雾正从松林朝这边滚过来，像中国电视晚会结束喷放的干冰一样。

这时，洪巴图走过来。他今天穿一件带大襟的短袖衫，白粗布滚蓝边，兴致勃勃。洪巴图在蒙古军队服过役，走路有俄军那种僵硬又像弹簧式的步法。

哈啰，洪巴图走过来握手，把另一只手又放在我手上，说，昨晚我思考了六个多小时，除去上厕所、跟老婆做爱和喝水的时间，也十足思考了一个半小时。我——洪巴图把手放在左胸——想起来了，我见过三姐妹，不过我们叫它兄弟花，三个脑袋挤在一起，红白蓝，或者蓝白红，对吗？

在哪儿？我问。

嗯，洪巴图说，你别急，我要思考十秒钟。他用左手拍自己肚子上的皮带金属夹，说，够了，超过十秒了，在蒙古国的吉尔吉斯湖。

不行，我说，我没有蒙古国的签证。

洪巴图又开始拍皮带夹，这回是用右手。说，没问题，我思考的结果是，我们往南走，走到巴音达布齐湖边就会见到兄弟花。嗨，太多了，连它们的爸爸妈妈都可以看得到。

你是不是又在瞎编？我问他。

不会的。他撸起裤子，指一个条状凹陷的伤痕说，我如果瞎编，就让这条脚再断一次，可以摔断，也可以让熊咬断。

好吧，有没有三姐妹无所谓，瞎逛吧。我和洪巴图上路了。

我说过在图瓦就像在古代，意思说这里的土地山川还保持着上帝创世的样子，没用GDP改造过。如果人想知道古代的北亚草原什么样，到图瓦来，它是俄联邦的一个自治共和国。

洪巴图用俄式步兵操典的姿势大步向前走，我走路并不比他慢，在家里步行七八公里是常事，但姿势比他柔韧。我要节省髋部的关节液。我们走了大约七公里，洪巴图的大襟式短袖衫——这是清代马甲兵的夏季作战服，竟留存在蒙古国——出汗干湿好几遍了，白粗布看不出来汗渍。

前面是一条河，我猜测它仍然是叶尼塞河的支流或者叫末流，像一条蓝色的哈达，河岸开满鲜花。低头看，花朵从不平整的石块里长出来。在这一片花的彩毯上，走路却碰脚。花都在这里，洪巴图摊开双臂，好像花都是他的。你自己挑吧。

这里有三姐妹吗？

也许有也许没有，上帝早就安排好了。洪巴图说。

我有点恼火，但一想他说得对——也许有也许没有。是的，凡事皆如此。找吧，我要找一株三姐妹拍照片发财，这差不多是植物学界的奇迹，但我永远不会告诉别人三姐妹生长在图瓦，免得他们来旅游。在我看来"旅游"是相当恶心的一个词。然而花不好找，我说过脚踩在石块上走不稳，鬼知道为什么这里会有风化破裂的石块，而且我不愿把我的登山靴踩在娇嫩的花瓣上。我不太懂花草，勉强认得这儿的花有粉红的小矢车菊、紫色的矮鸢尾花——它的花瓣像烫了发一样，蜀葵花，还有许多百合花，白的红的都有。我要耐心地等待三姐妹，上帝不会一下子让三姐妹跳到我跟前。上帝让爱迪生做了一千多次试验才发明电灯泡，我怎么能一下子发现三姐妹而名垂植物史呢？我猫腰看花，用手指把额头的汗甩掉。如果上帝在云端看到我的姿势，会认为我像法拉第、爱迪生一样辛苦。我看一眼洪巴图，他没影了。

这边来看，洪巴图喊。我赶过去，心里咚咚跳，或许真的发现了三姐妹。到了那儿，看到一片红百合、一片白百合、一片蓝色的远志花。洪巴图用手指点，红、白、蓝。

我说，可惜没长在一株花上。

是啊，洪巴图训斥这些花，你们为什么没长在一株花上，你们没用脑子思考，你们是傻瓜！

别骂了，洪巴图，你简直在骂我。

是，他谦恭地说，看在你面子上，我原谅了这些花。

我递他一根烟，他双手接过，说，要不要看点别的什么？

看什么？

洪巴图轻轻端着我的胳膊，说，到前边。

走过一块巨石，见到一座坟，很瘦的旧坟，墓碑写着俄文。

这个人，洪巴图说，坟里的人，最了不起。他叫明甘达赖，是中国的蒙古人。他是一个医生，给图瓦人治好了很多病，然后就死了，已经二十多年了。

我盯着洪巴图看，说，我们能救活他吗？

不能，但——洪巴图从裤子侧兜掏出扁酒瓶和小银碗——我们可以祭祀他。

他把酒倒进银碗举过头，放坟前，说你把烟掏出来，穆热格哟（跪拜）。

他跪下，我也跪下。洪巴图双掌托着酒和烟，说了一篇很长的带诗韵的祭辞，意思是，"汉地（中国）人啊，你的灵魂伏在金鸟的翅膀上。你在天堂坐的椅子是檀香木的，因为你是医生。今天孔雀翎上的眼睛流下了泪水，因为你的同胞看你来了……"

磕头，我头刚沾地，前额"嗖"的一阵凉风，见一条大蛇掠过，毛纹跟胡琴的蒙皮一模一样。我起身一躲，动作太大了，头撞在石头上，晕过去。

我醒过来，察觉自己坐在松树边上，洪巴图正用我的帽子给我扇风。

蛇……是你派来的吗？

他惊讶，转为大笑，说是的。

这里并没有三姐妹花，你骗我到这里是为了祭祀这个中国人，对吗？

三姐妹？洪巴图手按太阳穴，表示正思考，说，也许有也许没有。但是，明甘达赖高兴啊！我们相信有灵魂，他的灵魂正在高兴呢，中国人来看他了，不然怎么会有蛇出来呢？蛇代表灵魂。

他转身对坟的方向颔首，扎，白意拉间（啊，高兴呢）！

我也说白意拉问。我接过帽子戴到头上，却戴不进去了，脑袋磕了一个大包。

看过来，洪巴图从短袖衫里掏出一株花。百合花、蜀葵和远志花朵插在野芹菜的茎里，红的、白的、蓝的，用青草系在一起。

三姐妹，他说。

兄弟花，我说。

肖　邦

税务所院墙后边有一片野地,尽头是护岸林。清澈的霍思台河从林子下面流过。河原来分成两股岔。其中一岔干涸了,这边的还有鱼游。

每天早饭后,我到河边散步,看水鸟用翅膀拍打河水。它本想叼鱼,却常常叼不上来,鱼藏在靠岸的深绿的草丛里。用木棍拨草,黑脊的小鱼甩一下尾巴钻进泥里。

我仿佛听见河岸有琴声传来,抬眼找学校是否有高音喇叭,没有。河的上游,一群白鹅在水里游弋。它们以喙给对方洗澡,展翅大叫几声。我觉得琴声好像就是从那边传来的。风向变了之后,确实听到那边传来的琴声。弹拨乐,弹一个我没听过的曲子。

牧区蒙古人摆弄的弦乐器多数是马头琴和四胡,慢板,表现蒙古歌悠扬的情绪。弹拨乐节奏鲜明,蒙古人用得少。

琴声越来越清晰,好像是一首西洋乐曲。琴声不好听,似乎共鸣箱开胶了,声音破,音准也不太对。

岸上,一驾马车辕木支着地,一个少年坐在车上弹琴。看到他手里的琴,我乐了。这是一个三角琴。我认为除了边境的华俄后裔之外,全中国没人弹奏三角琴。它是俄罗斯民间乐器,又叫"巴拉来卡"。但这个孩子的三角琴比巴拉来卡小一半,白花花没刷漆。乐器怎么能不刷漆呢?不拢音,音色也不好听。

少年人见我来到,站起来笑了。

我问:鹅是你放的吗?

他指镇里,给肉食加工厂老板放的。

这是什么琴呀?我问。

少年用手抓抓胸脯,说,我也不知道,老板让木匠做的。

哪儿的木匠?

肉食加工厂盖房子的木匠。

我越发想笑,盖房子的木匠能打乐器,胆够大啊!

少年说,我给他放鹅,没工钱,让他买个吉他。他说嗨,自己打吧,反正都能出声。

我说,吉他不是这样的啊?

少年说,木匠锯不出来葫芦形的面板,就改三角的了。

这个琴用胶合板粘成,琴把是杨木,有四个琴钮。咋不刷漆呀?我问。

老板说,买一桶清漆刷这点东西不合算。

少年十六七岁,瞳孔和头发都是黄色,鬈发,后脖颈的发卷细密。

你叫什么名字?

图嘎,星星的意思。

你刚才弹的是什么曲子?

图嘎脸红了,窘迫地低下头,换个姿势站立,好像犯了错误。

什么曲子?

他用牙咬指甲,小声说:雨水。

雨水?这是谁的曲子?

什么叫谁的曲子?他反问我。

就是,你弹的这个曲子是谁创造的?

心连心创造的。

看我困惑,他解释道:歌舞团去年上这儿演出,一个弹吉他的叔叔很喜欢我,给我弹了这首曲子,名字叫雨水。

你再弹一遍。

他弹起来,用截下的塑料格尺当拨片。我听了听,这是一个完整的作品,不是歌曲,也不是中国乐曲,图嘎弹得挺好。

你听一遍就会了?

两遍,他举起食指和中指。

他的天赋很高。这应该是一首钢琴作品,夜曲一类。

对啦，他突然大喊，我想起来了，这是少蓬创造的曲。

我想了想，你说的是肖邦吧？

对，肖邦，歌舞团那个叔叔说的。你认识肖邦吗？

我说，肖邦早死了，他是波兰人。

你说说肖邦的事吧，他脸上闪出神往的光彩。

肖邦？我真不太了解肖邦，勃拉姆斯、维瓦尔第和贝多芬的故事我知道一点。我说，肖邦是个演奏钢琴和为钢琴作曲的人。他父亲是法国人。他的老师故意不教他，让肖邦自由发展。他拒绝了俄国皇帝的荣誉称号，一生没结婚，就这些。我又想起，他说的这首雨水，应该是肖邦的《雨滴》。

图嘎说，我觉得肖邦是个在云彩上行走的人，他手里拿着喷壶往森林里浇花。他懂得蜜蜂和露水的心思。他的手非常灵巧，像用花瓣拨琴。我弹他的曲子就想起雨从玻璃上往下流。

他的想象力蛮好。我问，你知道肖邦弹什么琴吗？

他用手比划，比这个琴大，跟吉他差不多，刷红漆。

我告诉他肖邦弹的是钢琴。钢琴就像把立柜放倒那么大，键子像一排牙齿，有白键和黑键，黑键是半音。

什么是半音？

米和发都是半音。

就它们俩是半音？

这个事很麻烦。多有升多，来有升来，也是半音。降米、降索也是半音。升发对米来说就成了全音。很复杂。

曲调越复杂越好，他竟然说出这么一句话。图嘎是个没见过钢琴的孩子，他用白胶合板粘的假三角琴弹肖邦，而城里不知有多少孩子在憎恨钢琴。

你能教我一首肖邦的曲子吗？图嘎问我。

我不会。这三个字我说出来很惭愧，我多想说可以，然后教他一首肖邦的《蝴蝶》练习曲以及我最喜欢的肖邦的《辉煌的大圆舞曲》，但我不会，连哼唱一遍旋律也做不到。

图嘎礼貌地点点头。他说，再学会一首我就够了。我喜欢肖邦，可我们这里的人都没听说过肖邦。

我离开了少年，既然帮不上他又何必打扰他呢？傍晚的时候，我从税务所食堂的窗户看到，一群白鹅昂首走过土路，图嘎挥一根柳条跟在后面。他斜挎着那只系麻绳的三角琴，琴身用蓝墨水画着两颗星星。

谁是我们前世的父母？

我们坐在帐篷前面喝茶。

帐篷由白桦木当支柱，苦桦树皮和半干的草，里面有一张军绿色的俄制行军铁床，床下放着叠好的土布袋子，这是阿乎为收松籽准备的。帐篷右边十多步远是石壁。下面堆石台，摆佛像，供着酥油灯。离佛像不远有三个大石头搭的临时锅灶，大铁壶的水一直沸着，石头烧黑了。

早上，我从克孜勒赶过来，到巴彦岱山后面的蒙古栎树林拍野鹿的照片。鹿群远在几公里外的山麓下面，等我赶过去，它们却回到蒙古栎树林。没拍到鹿，我拍了几张野花的照片，它们听话。回来的路上，我的脚板累极了，发烫，像踩在烙铁上。我感到口渴，小溪哗啦啦流过树林，但我想喝热茶，我要忍着口渴回克孜勒宾馆用电热杯烧开水泡绿茶喝。

"吾欲仁，斯仁近矣"，孔子的话像在描述我的处境。我从山坡下来见到了帐篷，一个人正蹲着往冒蒸汽的大铁壶下面添松木劈柴,他是阿乎。阿乎身穿像渔网般布满大小窟窿的白背心,腰上系着紫毛衣和灰色夹克衫。没等我开口,他就说:"喝茶,来喝茶。"

阿乎抓一把红茶放入小铜壶,冲进开水。兑入一碗奶(他说鹿奶),再用盛饭的大木勺舀一勺蜂蜜放进铜壶。搅了搅,把茶倒进两个桦木碗里,递我一碗。

这茶真是好喝,我忍不住看碗里的茶,喝进肚子就看不到了。它像葡萄酒一样紫红,有金边。

一碗很快就喝干了,阿乎端铜壶到锅灶边上拿大铁壶往里加水。铁壶的水一直沸着,这才叫喝茶。阿乎继续往铜壶里加奶和蜜,给我斟茶。他猫腰在地上看了看,放下茶壶。

山里没椅子,我们俩站着喝茶。阿乎把木碗端到嘴边,喝一口,眼睛看着我笑。

"你不问我从哪里来吗?"我问他。我跟他第一次见面,刚刚知道他叫阿乎,到这里来收松籽的牧羊人。

"不用问。"

哦,我们跟陌生人见面总要问你是谁,从哪里来,到这里干什么。就像我刚刚问完他。阿乎却说不用问。

我们又喝干了一壶,他添水加奶,在地面看看,放下茶壶。地面的岩石上长着黑色的苔藓。石头的缝隙里刮入了早早脱落的黄色草籽,几只蚂蚁在白色的石头花纹上爬。

"松籽什么时间成熟?"

阿乎把松树林从左到右看了一遍,说:"快了,再过半个月。"

"你这么早上山来干什么?"

"玩嘛。"阿乎说,"给松鼠喂点玉米,帮鸟儿修修窝,在山上睡觉。"

阿乎红脸膛,笔直的鼻子像带着这张脸向前冲,如船头劈开海洋一样。他的细眼睛眯着,眼角与上扬的嘴角遥遥呼应。

"喝茶,"他回头看大铁壶,"我自己也能喝一大壶的,不过要三个小时。"

"我来这里给鹿拍照。"

"是鹿让你来的吗?"他问。

"不是,我是中国的蒙古人,到这里玩。打算拍一点野鹿的照片给朋友看。但是没拍到。"

阿乎没说话,我觉得我还是没说明白。"我在蒙古栎树林等鹿,它们在远远的山麓。我好容易去了山麓……"

"它们又到蒙古栎树林了。"阿乎说。

"是的,鹿太远,我拍不到它们。"

阿乎说:"它们闻到你的气味了,不喜欢你。"

"我怎么了?"

"你按着你的样子生活,鹿按着鹿的样子生活,你们味道不一样。"他说。

我们已经喝干了四壶茶，小圆木桶里的蜂蜜只剩下半桶。阿乎倒上茶，吹吹地面，放上茶壶。我们开始蹲着喝茶，站着太累。我喝出了一身汗，脱掉冲锋衣，又脱掉了羊毛衫。我在茶里又喝出果香，我告诉了阿乎。

"野蜂蜜。"他说。

"还有花香。"我说。

他说："果香啊，花香啊，就是野蜂采的，它们知道哪儿的花朵和果实好。"

我直截了当对阿乎说："我想拍鹿，你能帮到我吗？"

"怎么帮？"

我挠挠头，怎么说呢，"让鹿离我近一点，行吗？"

"喝完这壶茶鹿就来了。"

我们喝干这壶茶，我说："不喝了，喝好了。"

阿乎从裤兜里掏出一只木哨。放嘴里吹，发出类似音乐的哨音，两个音符一高一低交织。吹完哨，他又添开水，加奶加蜜，拿一把草扫扫石头，放铜壶。

我不能再喝了，肚子里已有两只母鹿的奶和一千只野蜂酿的蜜，我问阿乎："鹿呢？"

"正往这边走呢。"

阿乎在蒙古语里是一个奇怪的名字，内蒙古没人取这样的名字。阿乎，意思是"可以了，刚刚好，还行"。他怎么能叫这样的名字呢？

阿乎吹碗里的茶，让它凉一点喝进去。他说："我家的小白狗比香油还香。"

比香油还香?

看我没听懂,他又说:"比香皂还香。"

"你的狗比香皂还香?"

"对。"

"为什么会这样呢?"我问。

"不知道它怎么弄的。它老往庙里面跑。"

我问他:"你刚才说不用问是怎么回事?"

阿乎告诉我:"我已经知道你,就不用再问你。"

"知道我什么?"

"你是喝茶的人呀,你的过去和未来和这个有什么关系?不用问。"

还是没听懂。"为什么?"

他把桦木碗放在手心,摊开说:"你觉得你是你,其实你前世、前世的前世是别的样子,有好多样子,记不住。为什么要记住这一辈子的事呢?它短得像风一样,呼——"他吹碗里的茶梗。

"噢。"我假装听懂了。

"鹿来了……"

我回头看,山石后面探出许多柴火似的鹿角。我站起来,拿出相机,这群鹿低下头,鹿角对着我。我"啪啪"照。一只鹿腾空跳起来,如飞跃一个大坑,地面并没有坑。其他鹿模仿它,纷纷跨越头鹿想象中的大坑。我手忙脚乱拍照，只拍到最后一只鹿飞跃的姿态，这也不错了。

我很满意，该下山了，说："谢谢你的茶，阿乎，我回克孜勒了。"

"祝你好运，喝茶的人。"他举起木碗，像干杯的样子。

路上撒满落叶松的针叶，松树毫无吝惜脱下它的金黄色大氅。松针比火柴棍还细，有规则又无规则地铺在地面。一只红鸟在树林的低处飞行，叫声如"微——余"，它说的难道是"喂鱼"吗？我想起阿乎一个奇怪的动作——他放下铜壶时，在地上查看，他看到了什么？我耐不住好奇心，回去问他。

阿乎看我回来没奇怪，还在笑着。

我问："阿乎，有一件事我问一下，你放铜壶的时候，在地上看什么？"

"噢，"他拿起铜壶，指着壶底说，"这里有一个沿啊。不看的话，蚂蚁可能扣到壶底了，蚂蚁跑不出来，多热啊。"

为蚂蚁。我拉拉阿乎的手。

他说："谁知道哪只蚂蚁是不是我前世的父母呢？今天天气好，他们也许来看我呢。"

听了这话，我转身走了。我的眼泪已落下，不愿让他看到。

让　娜

让娜是我在乌兰乌德认识的法国女人。当时我在布里亚特国立博物馆游逛。见到一件十九世纪的铜雕：一位大胡子冲天撒尿，另一位蹲着掬尿洗面。

我偷偷打开相机，拍。闪光灯没弄好，出亮光，馆员上前勒令我删除，删了。我还是对铜雕流连忘返，打算偷着拍。还没操作，女馆员大喝：中国人，不好！

博物馆的人都会说这句中国话。对用词细密的俄国人来说，这么粗鲁的语气表达他们极端愤怒。我投降，微躬示歉，问她怎么知道我是中国人。她回答："中国人门牙有豁，嗑瓜籽。"

这时，身后有一位女人笑出声，她的鬈发由金过渡到棕色，波浪于肩上，三十多岁，脸上有笑窝。她用中文说："你很有趣。"

我指铜雕，模拟洗脸，说："养颜。"

她仰面大笑，伸出手，"让娜，Jeanne，法国人，电视台文化观察员。"

我握握让娜的小手,说:"鲍尔吉,中国的蒙古人,生活观察员。"

在门口,我和她交换了 e-mail,她站在那里想了半天,说:"我可能下个月去中国。我是说,结束这里的考察,可以由伊尔库斯克转签沈阳,然后去法兰克福。我会拜访你,用一天的时间看你的城市,如果得到你的允许的话。"

"欢迎你。"

"谢谢!我第一次去中国,当然第一次去沈阳。"

"进一步欢迎你,让娜。"

这么着,我认识了让娜。尔后她发邮件,真到沈阳来了。外国人爽直,说来就来。让娜变成黑发。她穿一件干草色的风衣,脖子系湖蓝纱巾。那纱巾真是小,系结微露小角。

之前我跟懂法语的朋友学了一套欢迎辞,正想背诵,让娜用中文说:"保罗,我只有六个小时,晚上飞北京。游览开始吧。"

"不是保罗,是鲍尔吉。那就开始吧。"

让娜没来过中国,但懂不少中国话和一些汉字。法国人——据让娜说——尊重所有异质文化。如果看到他们拼命学汉语、学缅甸语超过学自己母语,不用惊讶,这是时髦。让娜说,也是对殖民时代的赎罪。让娜实际叫"让",英语国家称"简"或"琼"。她是里昂人。

我要让"让"看到一个美丽的沈阳,超过世界上任何地方。

第一步,我和让娜乘出租车来到北京街,在北站地区。下车,让娜看高耸的招商银行大楼。

"让,往地下看。"

在我们脚下,刚铺好的乌黑沥青路面嵌入金黄的银杏树叶,落叶被轧道机压实。风吹秋叶,不规则撒在路上。昨天下过雨,黑黄两色醒目。

"呀!"让娜手按胸口,抬起脚,后退再后退,对这一超级路面珍怜不已。她摇头,"我不知道世上竟有这么美的路面。上帝!"

这段路我昨天才发现。

让娜蹲下,站起拍照,舍不得在上边走。她看行人"咣咣"走过来,根本不稀得看脚下,想制止又不敢。

"这样的路面有多长?"

我手指前方,"全都是。"这段路全压沥青,路旁全栽银杏树,全落叶。

"噢。"让娜点头,"谁设计的?"

"市长。"我低声告诉她,"我们的市长毕业于伦敦圣马丁皇家美术学院,比范思哲低五届,比迪奥低七届,是一位罕见的行为艺术家。"当然这是我瞎编的。

"是的,我从这条路上看得出市长很浪漫。"

我们还有第二个地方 —— 克俭公园,离十二线不远。

克俭街的名是蒋介石在沈阳光复后起的。这是个后造的休闲公园，盆地形，四周栽树。有几节废车厢停在工厂遗留的旧铁轨上，几年前有人用它开餐厅，后起火，目前是乞丐的宿营地。

我带让娜看这几节车厢。在秋天红色的槭树的包围下，孤零零的车厢立在那里，如二战电影的外景地。当年的火烤化车厢的绿漆，淌在碎石上，更沧桑。我扭开车厢门的铁丝，费劲巴力把让娜拉进车厢。脚下是过火的硬橡胶，让娜说太像电影了，意大利风格。我们俯车窗往外看，一群穿红袄、扎绿绸子、平均年龄七十多岁的老太太在盆地扭秧歌。让娜不想走了，说这比沥青银杏路面更有历史感，沈阳到处都是艺术品。

再往后，我请让娜到我家喝会儿奶茶，吃点榛子核桃，送她蒙古音乐CD。她该去机场了，我说："还有一景，你要看一下。"

这一景在我家门口小街，也刚压沥青路面，新涂白黄交通标志。我领她在这条街上走，走着走着，指地下一个黄色的大字问她："你认识吗？"

这字两米宽大，她歪头看一会儿，小声儿念出口："让。"

"是的，Jeanne，让，就是你。"

"我？"让娜脸都白了，"怎么会是我？"

"沈阳人民喜欢你，在马路涂鸦。"

让娜倒吸一口气，一声不吭再走，又见一个"让"字。

一般说，沈阳街道在学校幼儿园门口都有这个字。让娜看到这个字，抓紧我的手，她指尖冰凉，抬眼看我。她眼珠为灰色，迷惘而晶莹，说："沈阳人喜欢我？"

我默默点头，继续走。路口，也就是我露天理发的碧桃树下，立着三角形交通警示牌，黑边黄地，又写"让"。

让娜扑入我怀，双手抓住我肩膀衣服拽，哭了。我知道玩笑开大，说："让娜，你听我说。我是个爱开玩笑的人，地上的'让'……"

"是你写的！"

"不，不是我写的，我只是开开玩笑。"

"一定是你！沈阳人不知道我是让，也不知道我来这里，况且离你家这么近。是你！"

"让娜……"

"别说了，保罗，不，鲍尔吉，想不到你这么浪漫。"

"让是个汉字，沈阳许多街道都有这个字。"

"都是你写的！"

"嗨。"这已经不是玩笑了，我忧伤地摊开手，"我只想让你对沈阳留下一个好印象，这些字早就有。这是个玩笑。"

让娜轻轻摇头，看我，灰而晶莹的眼睛看不出她在想什么。我俩一时竟没有话说。我招手要一辆出租车，让娜进车摇下车窗，凝视我。车启动，她看一眼地上的"让"字，含泪微笑。

落叶吹进门口的鞋子

蒙古栎树的叶子变成鹅黄色。它们的叶子都长在高高的树尖上,叶片宽大,风吹来,叶子翻滚得比别的树叶子更迅疾。大哈日巴尔山的南坡长满蒙古栎树,山脚围一圈儿樟子松,好像是栎树的卫士。往阿阑河对岸看过去,大哈日巴尔山好像是一只卧睡中的老虎,头尾金黄。细看,它金黄的皮毛间有一群又一群的黑鸟起落。

这是图瓦国南部接近蒙古国的地方,我来到住在这里的哈萨克歌手艾尔肯的家中,听他唱歌。艾尔肯说他们这一支族人在西伯利亚已经居住了两百多年,歌曲的旋律和住在中亚的哈萨克人不一样。我听出来了,节奏接近于蒙古长调,还有布里亚特人的萨满音乐的味道。

阳光从西面的萨彦岭射过来,艾尔肯的毡包的门前如同撒了一层金屑,波斯菊的影子尽情拉长。好像它进不来毡房,要派影子进来。毡包里铺着来自阿拉木图的红地毯,松木餐桌上摆满奶制品和野生水果。艾尔肯弹冬不拉唱歌时,大约一分钟看一下他老婆然萨的脸。然萨仿佛有预感,在艾尔肯目光投来的一瞬用眼睛迎接一下,脸略微红一下。每唱一首歌,艾尔肯要看然萨四五次,仿佛不看就唱不下去或记不住词。然萨每次都没让艾尔肯落空,用眼睛把歌词和旋律递过去。艾尔肯和然萨像两个儿童,或者说生活在戈壁滩上的两只兔子。他们彼此相爱,但他们更爱大哈日巴尔山。他们以崇拜的口气谈论松树、驯鹿、芍药花、露水和风。他们相信世上有妖怪,相信把盐抹在靴子上会使鼠尾草死掉。这不是儿童吗?在图瓦和布里亚特,我见过许多这样单纯幼稚的人。

天快晚了,艾尔肯和然萨要去山下找羊,我和他们一块儿去。在毡包外,我看到我脱在外面的黑皮鞋里塞满了鹅黄色如丝绸一样的树叶子。我问,这是怎么回事?艾尔肯得意地看毡包附近的蒙古栎树,说风把落叶装到了你的鞋里,它们想到中国去。他们俩穿高腰靴子,里面没刮进落叶。蒙古栎树的黄叶子在树上抖动,像一群金鱼逆着激流游动。薄薄的云朵围着大哈日巴尔山旋转,从这棵树的树叶里钻出来,钻进另一棵树。天空的蓝色和黄叶子摆在一起,仿佛是水彩画家还没画完的画,白云冲进来阻挡黄与蓝的色彩对比。

艾尔肯和然萨往山下走。然萨肩上披一块深绿色的雨布,艾尔肯腰上扎着白色的外套。他们戴着哈萨克人的毡帽和绣花帽。我觉得这使这两个人更像儿童。中国人不怎么戴帽子或乱戴帽，哈萨克人的帽子已是他们身体的一部分。他们恭谨地戴着自己民族的帽子，帽子下是他们纯朴可爱的笑脸。哈萨克人的帽子好像还是歌声的一部分，是草原、雪山和河水的一部分，是艾尔肯和然萨头顶的花朵和树冠。

我们往山下走，树的队伍里又增加了白桦树和落叶松。明亮的、毫无声息的溪水在林间流过。溪水把落叶分开，露出水下黑黑的泥土。壁虎般的松鼠从松树上垂直而下或垂直而上，仿佛在搬运自己硕大的尾巴却不知把尾巴放在哪里好。

山下有一片开阔的草场，高高的金黄色的秋草尚未倒伏，十几只羊在草里缓缓游动。羊群后面跟着一个七八岁的哈萨克小女孩，她戴着紫红色的帽子，上面插一根洁白的羽毛。她是艾尔肯和然萨的女儿。女孩朝我们招手，她跑过来，红色的坎肩和白裙子在金色的草浪里跳动。艾尔肯同然萨和女儿拥抱，如久别重逢，估计他们分别只有一下午。但他们都是儿童，儿童比成人更重视亲情并相信神话。外国神话里的人见面先拥抱，中国神话的人见面先打一架比一比武艺。

我们往回走，羊群走在我们的队伍前面。羊群挑有石头的路走，因为它们是山羊。这些山羊如果没有胡子和犄角，就是一群猴子。它们极为灵巧，人还没看清，它已从石壁的边缘爬上去。我觉得它们如果会采药，早都是富翁了。山羊比绵羊的表情肃穆。有些儿童书把山羊画成学究。它们看上去确实有一些书卷气,至少有会计的气质。回到毡包,山羊排队进了羊圈。毡包前放了好几双鞋,中国产的绿色农田鞋。艾尔肯说,我把鞋摆在这里,让落叶钻进去过冬,明年春天穿鞋的时候,脚上有香味。

花朵开的花

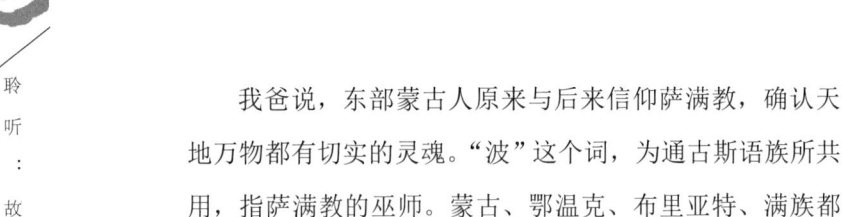

我爸说，东部蒙古人原来与后来信仰萨满教，确认天地万物都有切实的灵魂。"波"这个词，为通古斯语族所共用，指萨满教的巫师。蒙古、鄂温克、布里亚特、满族都如此称谓。

在贝加尔东岸，我见到一位布里亚特蒙古人的"波"。

在一座刚建好的喇嘛庙，雪花石栏础和台阶两侧放满信众放的钱币，银光闪闪。停车场上，一个人盯着我看。他有着突厥人的脸——宽脸扁鼻、高颧细眼，这是中国人所认为的蒙古人的长相。他前胸一面明亮的铜镜，用绳挂在脖颈上。

我对他躬身施礼，他没理。我改致帽檐礼，他点头，说："中国海拉尔地方乌里根河的人，都长着你这样的相貌。这是蒙古人标准的长相的一种，朝花可汗的子孙。"

我有受宠若惊的感觉。我近世祖正是朝花可汗，但我没去过乌里根河。

我问他铜镜。

边上一个人（后知是警察局长）说："他是波。"

波——他的名字叫尼玛，留给我地址，几乎命令我明早去他家里。

尼玛的家盖在山顶上，屋顶有汉地庙宇的飞檐，在一片木板搭建的贫民窟中露出显赫。尼玛对摄制组的灯光、机器毫不陌生，领我们进入做法事的厅堂。

他的法帽如清朝的官帽，戴上，开始作法。尼玛身后是一幅朝暾出海的彩画，印刷品。上方挂他母亲的照片，两侧挂滚金蟠龙立轴。在图瓦常常遇到龙的形象，这是清朝留下的印记。他们的语言中有"大清"这个词，指清朝。他为来自蒙古国东方省的妇女龙棠占卜。龙棠在一张白纸上写字，尼玛放进白碟子里烧掉。尼玛探究灰烬的形状和碟子上留下的烧痕，说："你的羊群并没有丢失，头羊的灵魂飞走了，所以羊群躲在你家东南方向的山坳里。"

这些话是翻译过来的，我不懂布里亚特语。

做法事时，一个姑娘手把着门框向里看。她也就二十岁，脸很白，眉眼迷惑，挺着小小的胸脯。她叫其其格玛，龙棠的女儿。

我们录制这一切。

尼玛让我报上生辰八字。

他看过，说（翻译译出大概）：你是黄金家族后裔。16世纪，你的祖先来过布里亚特，后来到了蒙古国北部，再到内蒙古呼伦贝尔草原（和我爸说的一样）。你的一位直系祖先在这里给人们治病，病死在荒野里（我爸没说过）。他时时刻刻想回去，他知道你来了（我开始紧张），他快要到了，在路上……

尼玛说祖先到此，对我有一点点危险。比如，不排除借我的躯体返回内蒙古这种可能。尼玛说："别急，我劝他回去。"

他让我高举一碗奶茶，在激烈的鼓声里垂首默祷祖先安适。尼玛的导引词说：回去吧，喝下这碗奶茶，回到你住的森林里去。你的子孙很好，他将健康地在漫长的岁月中发挥家族的荣耀。

我举碗的手越来越抖，想到祖先为这里的人民舍命荒野，不觉泪爬两颊，擦不得，吸进鼻腔。

"回去了，你的祖先。"尼玛松了一口气，擦汗。我送他钱，尼玛坚决不受。倚在门框的其其格玛抽泣着，泪汪汪地看着我。

我出去跟她说会儿话。她是乔巴山市的小学英语教员，请求我别说英语。她说得不好，我压根儿不会。我们用蒙古语对话，但蒙古国的词汇对我来说很陌生。后来干脆用手语。

其其格玛了解我的情况。

她"问"（用手比划）：白胡须老汉和佝偻老太太怎么样？这是问我父母。

我说：他们很好，没胡子也不佝偻。

她"问"：你一个枕头睡觉还是两个枕头睡觉？

我答：两个枕头，结婚了。

她"问"：你小孩？手比膝盖下。

我答：小孩像我这么高，在北京。

她知道北京，问小孩在那里做什么。

我说："读粗学。"这是口误，蒙古语"粗"和"大"有时是一个词，读大学。

她表示在北京读大学了不起，跟在伦敦、纽约一样。

"宝日吉根（鲍尔吉），"尼玛喊我，"端奶茶。你的祖先又来一位看你，他是一个军官，骑马来的……"

尼玛祈祷，我敬茶。

"军官回去了，现在一切平安。"他快活地点燃一支烟。

我们喝茶交谈，等司机过来。

一个军官大步进屋，手指着我和尼玛说话，态度激烈。窗外有一匹马和一群狼狗。我的心收紧，十六世纪的祖先们包括军官不都回家了吗？怎么又来了？

两人争辩，手势强硬，不时看我，显然与我相关。我不知该躲起来还是待在这里，其其格玛泪流得更多。

我问翻译怎么回事。他狠狠地说："你最好别说话。"

突然静下来，军官走了。"波"——尼玛显然很扫兴，也走了。其其格玛的母亲龙棠对我摇摇头，走了。

我说走吧。外边来一个男人拦住我，他抱着其其格玛的肩膀，说一番话，示意翻译。

翻译说："你站到这里。"

我和其其格玛面对面站着。

翻译问："宝日吉根，你愿意娶其其格玛为妻吗？在这里和她生活。"

我不知所云，看每个人的脸都不像开玩笑。其其格玛焦虑地看着我。

"快回答。"

"我……"我说，"我早就结婚了。我……"

"说娶还是不娶。"

原来其其格玛有意于我，军官是前来相看的人，对我没看好，尼玛为我辩解。

"不娶。"

"不娶谁？"

"我不娶其其格玛为妻。"

没等翻译，其其格玛从我脸上已得到答案，泪珠一颗颗滚落。

接下来，他们说的话我都听不懂了，大家劝其其格玛，她摇头，哭。

我们悄悄地收拾三脚架、灯和摄像机，走出屋。我前腿刚迈上车，被人拽下来了，是其其格玛。她抱着我胳膊，攒泪的眼睛看我的脸，我闭上眼睛。

其其格玛被拉走,车开了。

爱情?看来真的有爱情。一个女孩子在短短几个小时内爱上我,我对"爱情"产生敬畏。这么多年稀里糊涂,没把这事当回事。想起别人拉她走,她转头一望的样子,我竟落泪,不知为谁而哭。很多年前,有人说我是个傻子。是的,我是个傻子。

其其格玛,蒙古语意思是花朵开的花。

金道钉

"你不反对的话,"罗伯特·休举起手里的啤酒罐对我说,"再来两个。"

俄联邦法律规定,在公共场所出售和饮用酒精饮料的时间是20:00—22:00,这在图瓦也不例外。

休,作为在图瓦定居的唯一的美国人,说他了解许多图瓦的故事。我花400卢布请他喝了六罐啤酒后,他开始透露故事。

"你知道,"这是休的开场白,其实我什么也不知道,"图瓦人讨厌俄国人,没办法,打不过他们。十六世纪中叶,沙俄吞并了喀山汗国和阿斯特拉汗国之后进攻西伯利亚。1581年9月10日,叶尔马克率领哥萨克人的乌合之众朝这里进发……"

休仰脖灌啤酒。他似乎做过特殊的喉部手术,几乎不咽,罐内454毫升就流入肚子。他善于记忆历史事件的时间。有人说休是个骗子,我看不出。讲述历史时,他的眼珠在眼眶里痛苦地搜索。

"再来两罐。"休示意服务员。

服务员摇摇头。

"到时间了。"休说,"总之,我明天带你去见一个人,不需要礼物。你会看到一件神奇的东西。如果幸运的话,你也许被允许伸手摸一摸。但是,绝对不许拍照。"

第二天,我坐上休的车,沿贝加尔湖,向库切走。他的车如同一个摇滚乐队,似乎所有的螺丝都没拧紧,噼啪乱响,但不妨碍行驶。休的话几乎都是对车说的:"闭嘴!你这个倒霉的化油器。还有你,磨合器,你总是带头捣乱。我的车……闭嘴!手刹车……不是一个车,是图瓦人丢弃的日本二手垃圾的博览会,它们是一群罪犯。行了,后轴。告诉你,这部车会突然自动刹车,你可能听都没听过这样的事,过去我也没听过。"

就这样,在休对车的谩骂中,我们来到目的地——一个埃文基人住的撮罗子,它外表像一顶松树皮做的尖帽子。进入,树皮连着二十公分的原木。里面约有十平方米,熊皮垫子上坐一位目光炯炯的老者。

休介绍:"这是92岁的雅库克·金。"

金上唇和下巴的胡须分为四撇,如螃蟹伸腿。他的眉毛像某一品种的狗那样浓浓地覆盖眼睛。我看他也就60岁,面色红润,手背的皮还不松弛。

"中国人来听故事了。金,讲吧。"

金捻自己的胡子，像从那里寻找灵感。他用蒙古语断断续续地说："我是金。冬天出生。那天，一只狍子钻到这里，此后，我管这个狍子叫哥哥。这个摇篮（他吹上面的土）是我和我父亲出生后住过的地方。这个撮罗子，斯特罗加诺夫曾经来过，他是沙皇伊凡四世的密友。我太爷的名字叫安加拉，以河为名。"

休向他讲一通图瓦语。

金说："是的，西伯利亚大铁路是在1916年修好的，用了二十四年时间，全长七千公里。它破坏了我们的家园，带来了俄国人的骚味。所有人都知道，俄国人走到哪里都会带去堕落。"

休插话。

"是的，我恨俄国人，但今天不说这个。中国人，你想听什么故事？天鹅和雪狼私通生下一只鹿，下雪的时候，智慧从人的脚底下传到脑子里……"

休打断，金不以为然，两人争辩。最后，金点点头。"中国人，这才是故事的开始。母狗养的西伯利亚大铁路修完后，上面有一根道钉是纯金做的。沙皇亲自把它安在铁轨上，当当敲了两下，金道钉像长了腿一样钻进去，牢牢地固定在铁轨上。"

休鼓掌，向我眨眼，我也鼓了几下。

"后来，我们开始找这颗金道钉。天啊，我们的祖先不知有多少人为了这颗金道钉冻死在风雪里，饿死的更多。

他们走过勒拿河流域、切尔斯基山脉、上扬斯克山脉、东西萨彦岭，还有阿尔泰山的西北段。穿过苔原、泰加针叶林和无树草原。后来，他们全死了。休，我说得对吗？"

休说："金，他们确实死了。"

"我太爷安加拉也在找这颗钉子。为此他娶了我太奶奶凯凯，她是茨岗人，会巫术。她说她生下来就知道金道钉在哪里。他们去了她说的地方后，凯凯说沙皇把它换了位置。当然，我太奶奶永远在撒谎，后来被蛇咬坏了左脚的脚趾。安加拉在长生天的帮助下，终于找到了金道钉。"

金从身后拽过来一个狐狸皮包裹，掀开棉布、绸布和细纱，抓出金道钉。它半尺长，中指那么粗，递给我。

我其实快睡着了，猛然惊醒。西伯利亚大铁路唯一的、沙皇摸过的金道钉放在我手上，很重，无锈，铭刻俄文。我小心还给金，手上隐约有臭味。

"安加拉找到它后，迷路了，用它和楚瓦什人换了一匹马骑回家。回家再用两匹马把金道钉换回来。知道我们为什么找它吗？中国人。"

他自答："它是这条铁路的心脏，我们找到它，在上面撒尿，用唾沫啐它，抹黑牛的血。知道为什么？这样一来，铁路就会完蛋，腐朽烂掉，因为它的心脏被玷污了。当然，我们也有损失，有一个人被雷劈死。再后来，我们把它供奉起来，因为找不到它原来待的那个地方，除非安加拉复活，讲完了。"

我再看这个钉子，所谓历经沧桑。

我感谢金讲这个故事，休说："付他三百卢布。"

噢，是这样。看到了实物，也值。当时我还想，如果拿到央视《鉴宝》节目露面，也有意思。

过了两天，翻译保郎从贝加尔湖西岸回来，对我说："收获太大了，我们见到了一颗金道钉，西伯利亚大铁路……"

他的故事和我听的差不多，金道钉怎么会有两个呢？离开图瓦前，歌手巴彦伯嘿嘿对我笑，说："钉子是你们中国的。"

"啊？"我吃一惊，"这和中国有什么关系？"

他说："森林里会讲故事的人休都认识。休向中国人订做了假金道钉，铅的外面镀金色，发给讲故事的人当道具，说故事的钱各分一半。这是休说的。"

他笑着，眼睛眯得也就一毫米宽，上下眼皮都是肉。他说："中国人真巧，会做金道钉，刻上俄文字母，给中国人讲故事，哈哈……"巴彦伯笑得倚在床上的被子上，眼缝只剩十分之一毫米。

卡车上

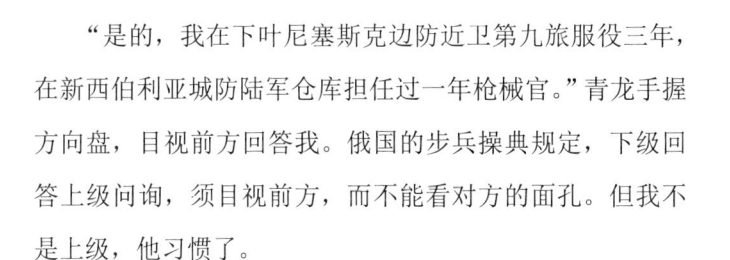

"是的,我在下叶尼塞斯克边防近卫第九旅服役三年,在新西伯利亚城防陆军仓库担任过一年枪械官。"青龙手握方向盘,目视前方回答我。俄国的步兵操典规定,下级回答上级问询,须目视前方,而不能看对方的面孔。但我不是上级,他习惯了。

"为什么不继续服役了?"

"回来结婚。"

"你妻子是俄罗斯人吗?"

"是图瓦人。我们不信东方正教,也不去教堂结婚。"

我从吉尔格朗河回克孜勒,在公路上看到这辆嘎斯牌卡车,它拉了一车羊。羊把嘴巴放在其他羊的背上,一堆羊毛中间露出羊的耳朵和粉红的嘴唇。我拦下车坐在副驾驶位置,跟司机说话。他叫青龙,坐姿笔挺,我猜他在军队服过役。

回到克孜勒后,我退掉宾馆的房间,上街买了一些图瓦歌曲的 CD，然后去俄蒙边界的浑都楞养鹿场。我的钱花乱套了，因为没养成记账的习惯，每次点钱，数额都不一样，不是多了就是少了。这会儿，我掏出钱包把卢布数一遍，好像又多了，但愿如此。接着点一下人民币，这是号挨号的新钞票，发出咔咔的、清脆的响声，像用竹片弹树叶子。

"我要睡一会儿觉了。"青龙把车停在路边，趴到方向盘上立刻睡着了，前后不到一分钟时间。他怎么说睡就睡呢？下午三点半，睡哪门子觉？我下车散步，吉尔格朗河像宽阔的白绸子飘舞，绸子下面像有风。河两岸没有庄稼，也没有草原，低矮的灌木在石砾间生长，如一群扶老携幼的人去逃荒。我看驾驶楼，青龙还在睡觉，他可能昨夜没睡觉。我躺在地上，戴上遮光眼罩，看我能不能睡。过一会儿，我看到青龙划一只鼓鼓囊囊的羊皮筏子停在岸边，向我招手。啊，他不是在车上睡觉吗？卡车怎么变成羊皮筏子了？我想说我不坐羊皮筏子，我要坐卡车去克孜勒。"笛——"我一怔，这是个梦，青龙在车上招呼我。

上了车，我偷偷看一下表，我俩睡了半个小时。

"问一下，"青龙说，"你能兑换给我一些中国钱吗？"

我想到了换算汇率什么的，但是，我问他："中国的人民币在这里花不掉啊？"

"我有用处。"青龙说。

我好像不应该推辞他的请求，况且免费坐他的卡车。

我问:"你兑换多少?"

"把你的中国钱都兑给我吧,我看到你有很多中国钱。"

我身上带着五千人民币,我问:"按多少汇率?"

"你说多少就是多少。"青龙说。

那我不占便宜了吗?但我也不是那样的人。我说:"按我在满洲里兑换的牌价,100卢布兑换18.3人民币。"

"随便,多少都可以。"

"那我们就按这个汇率兑换。"

"好。"

"现在就换吗?"

"现在换最好了。这是我的钱,你数一下。"他掏出一把卢布,500元、100元、50元、10元的都有。我清点了一下,总共是1600多卢布,不够兑换100人民币。

我晃晃他给我的卢布:"就这些吗?"

他说:"是,我全部的钱都在这儿。"

"我给你100人民币,是多给你一点了。"

"几张?"他问。

我说:"一张啊。"我拿出一张红色的百元人民币。

"一张不够,太少了。"

我听这话不太对味,他是不是绕了个弯子想抢钱啊?"一张不够,太少了"听上去很吓人。但我知道的图瓦没人偷钱、抢钱,他可能在下什么斯克当兵跟俄罗斯人学坏了。

我对青龙说:"你的卢布是1600多元,我给你100元人民币,你已经占到200卢布的好处了。"

"我明白你说的意思,可是一张人民币对我没用。"

"多少张有用?"我问他。

"越多越好。"他把手从方向盘拿开,用拇指食指比量一下,一厘米宽,那起码是一万人民币。

我在考虑我是否在行驶中打开车门跳下去。路面全是拳头大的石块,跳下去恐怕会摔伤。

"越多越好。"他向我笑,这个笑容是纯朴的。但你一想到这是为别人的钱而发出的笑容就显得十分可怕。

"是的。"我回答他,"每个人努力工作,都为了你说的越多越好。"

"可以吗?"他问。

什么可以吗?我克制自己的怒气,反问他:"可以什么?"

"换你的钱?"

"只能换一张,100人民币。不换就算了。"

"换,换。我知道我的卢布太少了。如果把你所有的人民币都换下来,需要多少卢布?"

"三万到三万五千卢布吧。"

"噢?"他吃惊地扬起手臂,"我从来没听说谁有这么多钱,太多了,我没有这么多卢布。"

我只盼着卡车快点开到克孜勒。如果这个家伙还想睡觉更好，我下车逃走算了。我不打算再说话，把他的卢布还给他。

"我虽然没有很多钱，但我有好东西送给你。"他说。

刀吧，这把刀可能放在他屁股底下的坐垫里，杀过100多只羊，早已磨得锋利。我看了看我的座，看上面有无暗黑的血点子，没有。他每杀一个人会把血迹擦干净，再把尸体拖到吉尔格朗河边，一脚踹进去。当然，钱已经揣进他兜里面了。

"你一定会喜欢我送你的东西。"

我不吭声。

车开着，他突然拐下路基，开到荒地里。车绕开红柳丛，在茇茇草地上行驶。

"你去哪里？"我问，"我们不是去克孜勒吗？"

他不回答，脚下加大了油门。

我劝自己不要显得慌乱，杀一个人没想象得那么容易，如果他要钱，给他钱算了。

车开着，前面出现几间孤零零的房子。再走，见房子前面有几头牛在石槽里饮水，一匹白马拴在桩子上。车到房门口停下来。

"这是我的家，下车吧。"

我下还是不下呢？如果我赖在车上，这也是他的车，把我拉到另一个地方屠宰是一样的，我跟他下了车。一个老人从屋里探出头,手里拿一只红塑料盆子,估计是他父亲。老人把两只碗放在地上,把盆里的酸奶递给我们。

"喝吧。"青龙自己先喝了一碗。他用手心擦擦下巴,走到牛跟前,"我把这头牛送给你。"

"送我牛干嘛?"

"如果你嫌少的话,我把两头牛都送给你,它们都是奶牛。"

"干啥呀?"我懵了。

"换你的中国钱。"

噢,还是惦记我的钱。我真不该当着陌生人愚蠢地数钱。"可是,我没法把牛赶回中国,再说我也不需要牛。"

"马呢?"他问我。

"你的马是好马,但我不需要马。"

他用手按着眉心思考,走进屋,跟他父亲说了半天话。青龙走出屋,手里抱一尊佛像。

他把佛像递给我。

这尊佛像高约30公分,铜质,基座镶绿松石,正中镶一颗杏子大的红珊瑚,一看就是老东西。图瓦没有假货。

"这个佛像值三万卢布吗?"

太值了,光这颗珊瑚就值五千人民币。我说:"值。"

"那咱们成交吧。"

"你意思是让我把佛像买下?"

"是的,如果你喜欢的话。"青龙又回屋里,拿着拇指大的小皮子,"这是麝香,一块儿送你。"

我想了想,说:"我明白你的意思,你需要我所有的中国钱。但是青龙,这尊佛像和麝香已经超过了我身上的五千元人民币的价值。我想知道,你要中国钱干什么?在这儿没用啊?"

青龙告诉我:"睡觉。"

睡觉?"你枕着中国钱睡觉?"

"哪里。"青龙说,"睡觉之前数数钱催眠。"

我想了半天反应过来,"你睡不着觉,数钱才入睡?"

"对了。"

"那你为什么不数卢布呢?"

"嗨!"他鄙夷地掏出卢布,"像棉花一样,天天数,没有声音了。"

明白了,我的钱是新钱,咔咔有声。"你为什么不去兑换一些新卢布?"

"去过的,克孜勒的银行不给兑换,除非你的卢布缺角了。新卢布数着数着也没有声音了,像羊毛。"

"你不数钱会睡不着觉吗?"

"我在下叶尼塞斯克服役的时候,在一个爆炸燃烧的化工厂执勤,三天三夜没睡觉,得了失眠症。一个偶然的机会,我的班长夜里数钱,我听到这个声音呼呼大睡,坐下了这个毛病。在军队,我睡觉前,战友在边上数钱,很快就睡了。"

人真是什么毛病都有啊,我想起青龙突然在车上睡着了,那时我刚刚数过钱。这倒有意思,强盗如果想抢他的钱,先在他面前数钱,相当于下蒙汗药了。

青龙盘腿坐着,上身挺直,左手抱佛,右手拿麝香,恳切地看我。

这尊佛最少值一万元人民币,我不能买,麝香也很值钱,虽然我不知它值多少钱。

"你把佛放下,我想想。"

他抱着佛坐在地上。我边踱步边想,怎么办呢?刚我还以为他图财害命呢,原来是这么一回事。我想到一个主意。

"青龙,这尊佛你留着,但我可以满足你。"我从衣兜里掏出录音笔,"这是一个录音机,我把数钱的声音录下,送给你。"

"我听说过录音机,它能录多少次?"

"录一次,你可以放无数次,咔、咔,数钱的声音。"

"不用录一次听一次?"

"不用。"

"录音机值多少钱?"他问。

"值5卢布,我不要钱,送给你了。"这个录音笔是我花700元人民币买的。我出国前带了两支录音笔,这支里面有三首我录的图瓦老百姓唱的歌,不要了。

"试一试吧。"他提议。

"院子里有风,到屋子里录。"

进屋里。他家墙壁没刷涂料,漆黑破旧,地上摆七八个坛子,装咸菜。我告诉青龙把门和窗关上,不要发出任何声响。

我掏出钱,五千元崭新的人民币,打开录音机数钱——咔、咔、咔、咔、咔……

青龙手把床沿坐地下。他先是瞪大眼睛看,接着一头栽到地上,打起鼾来。哈哈,这情景真应该让中国人民银行行长、北京造币厂厂长和世界卫生组织官员看到,人民币有神奇的药物作用,前下叶什么斯克第几旅士兵正在酣睡中。咔、咔、咔……我一共录了五遍,他这一辈子睡眠都够了,一个旅的士兵入睡都够用了。

我把录音放一下,录得很清楚,咔、咔、咔。我转身去外边溜达,等青龙醒来。云彩降落到地平线上,好像是被风追赶的棉花被红柳丛刮住了。青龙家的牛、马全都肃穆站立,目视着地面。

我把院子里的铜佛捧回屋里,放在佛龛里,鞠一躬。回头看,青龙还趴在地上睡觉,他用双手抱着大地,一条腿屈膝,脸枕在一双破布鞋上。他父亲若无其事地数黑色的小粒佛珠,嘴唇微动,跟手指捻动的节奏一样。

奎腾的马

贡宝扎布给他的五匹马起了好听的名字——带白芯的火焰,沾身不化的雪花,喇嘛穿的黄缎子,好像还有——蹄子冒火星的石头,玉米。

这是他的五匹马:火焰、雪花、黄缎子、石头和玉米。这五匹马的名字是贡宝扎布起的,但马是别人的马。他是马倌,负责把这些马从奎腾赶到乌里雅苏台将军衙门。这些马是谁的呢?海龙(贡宝扎布是海龙的高祖父)说,有嘉措喇嘛的,中国山西商人的,猎人苏森的,一共五匹马。他们把这些马贡献大清皇帝。当时——海龙说那时是1921年或1926年——图瓦还叫唐努乌梁海,归大清管,设立了乌里雅苏台将军衙门。那几年,俄国的白军打过来,红军打过去。图瓦当时并不是俄国或苏联的国土,苏联在1944年吞并图瓦。白军和红军厮杀,但不激烈,打打就跑。激烈的战斗是他们杀戮清朝守军。白军和红军杀掉了全体清朝守军,乌里雅苏台将军服毒自杀。图瓦独立过,但谁过来打仗就归谁管。

贡宝扎布不知道这些事情,他在奎腾草原放养这几匹马,养足秋膘往将军衙门赶。奎腾是贡宝扎布的家乡,在叶尼塞河的左岸。这地方草好。草好不好,人不知道。人只看见草高不高,绿不绿。这不行,牛马羊才知道什么叫好草。好吃的草,咔咔嚼起来流绿沫子。沫子就是牲畜的口水,草太好吃了,马的口水流不完。马吃了好草滚瓜溜圆,皮毛像抹了黄油一样。儿马配种勇猛,也是因为草好。马一天跑 500 俄里,是吃了好草。吃了破草跑 200 俄里就没劲了。这样说,人们才明白奎腾是个好地方。

奎腾除了草好,男人还强壮。贡宝扎布走过来,草地踩出一个又一个坑,泉水从坑里冒出来。他的脖子像野猪脖子那么粗,力量全在脖子里。睡觉时候,他胳膊从被子露出来,别人以为是腿。他的眼睛埋在厚眼皮里面,很凶狠,额头乱糟糟一堆皱纹。史诗《江格尔》说,勇士们像野猪一样所向披靡,贡宝扎布就是这样的人。

接下来说马。对,贡宝扎布还是一名歌手呢,他编的歌曲现在还在唱。贡宝扎布用歌声描绘马的样子,谁也比不了。他唱:

　　马的鬃毛像火苗飘飘
　　马的眼睛像清澈的湖水哎
　　马比岩画里的马跑得还要远

它安静下来像一棵树

这棵树走着走着

花的香味带它走进天堂

马用忍耐和勇敢在尘世修行

它的蹄印好比经文

奎腾草原属于叶尼塞河边的盆地，拳头大的野花在风里晃来晃去。在草叶后面，蓝色的叶尼塞河像流不动了，它的水太多，炮舰一般的云朵堆满河床。

一天早上，河上漂来一只小船。船上的人上了岸把一颗炸弹扔在船里，"咣——"这些人趴在地上，用手捂着耳朵。水柱和破木板冲上天空。贡宝扎布吓一跳，世上还有这样的人？他们坐船来了，又把船炸了，他们怎么回去呢？贡宝扎布猜想他们是俄国人，俄国人做事不计后果。这几个人慢慢爬上山坡，朝这边走来。贡宝扎布坐在一块方石上闻鼻烟，五匹马在山下吃草。

他们走近了，一共四个人，衣衫褴褛。有两个人肩上背着带刺刀的步枪，一个人挎着骑兵的马刀。他们撕破的大衣前摆快掉下来了。一个戴眼镜的人摘下帽子挥舞，他们都是俄国人。

贡宝扎布从石头上跳下来。

"同志！"戴眼镜的人说，他身穿带双排铜扣的黑呢大衣，"我们是你的兄弟，红军。"

贡宝扎布没说话。

"我们从叶尼塞省来,叶尼塞省已经推翻了沙皇的统治,这是多么伟大的一件事。叫我萨沙吧。"

贡宝扎布慢腾腾说:"我的火焰马拉屎。拉出了三个沙皇,这是吃大黄出现的结石。"

"哈哈哈。"这几人相视大笑。萨沙用力拍贡宝扎布肩膀。贡宝扎布觉得还没女人手劲大。

"这是我们的同志!"萨沙说,"介绍一下,谢尔盖、丘拜克、马斯洛夫斯基,你可以叫他驴。"

他们来做什么?西伯利亚的茫茫荒原,没有外人来。他们不是传教的教士,没穿东正教的黑袍。也不像商人,没带货嘛。他们像要饭的乞丐,但是带枪做什么?

"同志,"萨沙撩开大衣,像一盘牛粪一样坐在草地上,"革命的烈火已经烧到了东方,西伯利亚不再沉默,被压迫民族的怒火将点燃这片原始森林,把它变成黑炭。"

"你说什么,为什么让树变成炭?"贡宝扎布问。

"这是比喻。"那个被叫作"驴"的人解释,他用一根红布条系着脖子,面色苍白,一看就是营养不良。他指着萨沙说:"政委向你宣传革命道理,他来解放你。"

"你们炸船干什么?"贡宝扎布问。

这话把他们问住了。他们面面相觑,萨沙慢吞吞地说:"东方兄弟,我们有一个重要的事情通知你。"

"叫我贡宝扎布。"

"贡宝扎布同志，我们要征用你的马。"萨沙从衣袋里拿出一张算盘大纸，上面有石印的俄文字母和蓝色的方章子。他说："这是苏维埃政权颁发的革命征集令。"

贡宝扎布说："我不认字，征集是做什么？"

驴说："为了革命的完成，你要把你的东西拿出来送给苏维埃。"

"苏维埃来了吗？"贡宝扎布问。

他们哈哈大笑。萨沙说："东方兄弟，你太纯朴了。苏维埃不是一个人，没有鼻子和眼睛。它是政权，给全人类带来希望。"

"你们拿一张纸晃一下，就把马带走啦？"

"我们仅仅征用了你的马，你从此获得了解放。"

"征马干什么？"

"用马驮粮食，送到叶尼塞省，那里的革命处在血海里，红军正在饿肚子。"

"粮食在哪儿？"贡宝扎布问。

"粮食？"萨沙翻白眼看天空，"粮食不可能在天上，我只能说它在麻袋里，不管什么人的麻袋，总之在麻袋里。"

"你们要买吗？"

他们集体大笑，驴抱住贡宝扎布肩膀，亲亲他面颊，"贡宝扎布，你比熊还傻。我们哪里有钱，我们是世上一无所有的人，这是就物质而言，我们心里藏着更昂贵的宝石——真理。"驴拍拍自己胸脯。

"真理?"贡宝没听过这个词,他看驴干瘪的胸脯,那里长了真理。

"人有了真理,要什么就有什么。"那个阴沉沉的留连鬓胡子的人在裤子上擦步枪刺刀。

贡宝扎布明白一件事,他们要带走马。他说:"我不是马的主人,我是马倌,给别人放马。"

萨沙拍拍贡宝扎布的脖子,"没关系,告诉你的主人,说马跟革命的队伍走了,他们高兴得发疯。"

贡宝扎布忍不住笑了,这比笑话还好笑,说:"马的主人让我先给马墩三个月膘,秋天赶到乌里雅苏台将军衙门。"

"乌里雅苏台是干什么的?什么将军?"

"中国将军。"

"噢,封建将军。东方兄弟,中国已经发生了革命,皇帝被推翻了。你怎么能甘心受他们的奴役呢?秋天你可以说你已经把马送给了将军。"

贡宝扎布用拳头捶地,"我没送到怎么能说送到了呢?我不干。"

萨沙站起身,浑身上下摸,拿出一支钢笔,"把这个送给你做纪念。"

"用这个换五匹马?可我不会写字。"

萨沙用拳头顶着下巴思考,他把腰上的皮带解下来,带皮枪套和一只手枪,递给贡宝扎布。"这总可以了,枪,给你。"

贡宝扎布推开,"我不要,我不会用枪。"

一直没说话那个人说话了,他叫丘拜克。"政委,不要和他再说了,愚昧的人听不懂道理。"

丘拜克把放在膝盖上的步枪端起来,压上一颗子弹,瞄准在他们头顶盘旋的鹰,它张着长长的黑色翅膀。"砰——"枪响了,鹰瞬间收缩了翅膀,像一只老鼠从天上掉下来。

丘拜克用枪戳贡宝扎布的靴子,"马是我们的,走。"

他们起身往山下走,奔马去了。

这不是强盗吗?贡宝扎布听人说过俄国有红军,正和沙皇的白军打仗,西伯利亚的人对红军有好感,因为图瓦人和布里亚特人讨厌沙皇政府。但这几个人不是红军,他们是假冒红军的盗马贼。

他们走下去,这群人的衣服被河水打湿,皮靴沾着泥。贡宝扎布跟着他们走过去。鹰趴在草地上,像脖子别在背后,淌着血。

马在河边吃草,那匹叫火焰的红马抬起头,摇了摇,鬃发飘飘。骗子们走到马前,拉起缰绳骑上了马。

贡宝扎布拦住他们。"你们不能带走马。"

萨沙骑在红马上,脸上露出亲切的笑,说:"如果我们就这样走了呢?"

贡宝扎布拉紧他的马缰绳。

萨沙用靴子踢马肚子，马蹿出去，但缰绳在贡宝扎布手里，马原地打转。

"松开缰绳。"

"这是我的马。"贡宝扎布说。

那三个人骑着马围了过来。

萨沙从枪套里掏出枪，对着贡宝扎布前额，"最后说一遍，松开缰绳。"

贡宝扎布不松手。

萨沙突然转身，对准身后没人骑的黄马玉米开了一枪，击中它的鼻子。玉米疼得腾空跳起来。萨沙对着它肋部开了第二枪、第三枪。

玉米倒地，鼻子冒出大团的血沫子，它用双蹄刨地，试图站起来，却侧着摔倒了，四肢抽搐。

贡宝扎布把萨沙从马上拽下来，用胳膊夹住他脖子。贡宝扎布本想夹死他，但忍住了。

那三个人兜马过来，用枪指着贡宝扎布。萨沙想说什么说不出，贡宝扎布松开一点。萨沙说："不要，别对东方兄弟开枪。"

"让他们把枪扔在地上。"

萨沙示意他们照办。两支步枪丢在地上。贡宝扎布用右手夹着萨沙脖子，走过去，捡起步枪连同萨沙的手枪一同丢进叶尼塞河水里。贡宝扎布觉得，这时候他一人对付他们四个没什么问题了。

贡宝扎布说:"你打死了我的马,本该勒死你,但是你走吧,你让他们从马上滚下来,你们走吧。"

骑着黑马"石头"的丘拜克从靴子里掏出一支手枪,对准石头的脖子,说:"我现在就打死这匹马。"

贡宝扎布快要哭了,刚才他看到玉米四蹄刨土就想哭,但不想让他们觉得他害怕了。

贡宝扎布低下头。

萨沙说:"你跟我们一起走,我们把粮食驮到叶尼塞省,会把马还给你。"

贡宝扎布不知道该怎么办,只好这样了。他回头看玉米,它还在抽搐。马睁着清澈的眼睛看贡宝扎布,仿佛问他是怎么回事。贡宝扎布的眼泪哗哗地落下来。他咬紧牙关,对丘拜克说,"你对准它心脏再打一枪吧。"

丘拜克下马,用枪管在玉米前胸靠近前腿的位置划个圆圈,"啪"地开了枪。玉米全身挺直,眼睛却不闭,瞪着天空。

贡宝扎布跨上红马,这是那匹"带白芯的火焰",紫红色的皮毛夹杂灰白斑。贡宝扎布抖抖缰绳,不再回头看玉米。他跟着他们顺河边往北走,去那个名叫叶尼塞省的鬼地方。风把贡宝扎布脸上的泪水吹散,像吹走玻璃上的雨水。他眯起眼,好多泪水从鼻腔涌进嘴里,咽下去发咸,像血水。

玉米是嘉措喇嘛的骒马海螺生的驹子,它毛色像晒了一冬的玉米，黑鬃黑尾，它的眼睛像葡萄一样亮，它打起响鼻像唱歌一样好听。这个自称"布尔什维克"的萨沙怎么能转过头开枪打死它呢？他们四个人有四匹马就够了，他们炸掉了船。这帮杂种。

天黑下来，四处黑得像山洞。他们停下来宿营，拢起一堆火。俄国人拿出面包和酒，贡宝扎布辞让他们的邀请，独自去夜色里找吃的东西。过一会儿，他捉回两只刺猬和用桦树皮盛的野蜂蜜。他把刺猬糊上泥，丢进火里，一会儿香味出来了。他剥掉刺猬的泥壳和刺，在白肉上抹蜂蜜吃掉了。俄国人很眼馋，但不好意思讨要。

"你是怎样在这么黑的夜里找到刺猬和蜂蜜的？"萨沙问。

"我没找，是它们找我。"贡宝扎布说。他注意看俄国人身上有几支枪，他们的靴子里都别着手枪，丘拜克和驴的行囊里还有斧子。哥萨克砍人的长柄斧子。

贡宝扎布起身看马。四匹马低着头敏捷地啃食地上的草。贡宝扎布用刷子刷它们的脖颈和脊背。雪花是一匹铁青马，两肋带白毛，像雪花一样。石头黑黑的脑袋是方形的。黄缎子身上一点杂毛也没有，黄得像一只鼬。火焰像英雄一样昂着头。贡宝扎布搂着这匹马的脖子，再搂那匹马的脖子。可怜的玉米，它还躺在星光下，眼睛盯着夜空无尽的深洞。

贡宝扎布趴在马背上眯了一觉，猛地醒过来。看他们三个人在睡觉，丘拜克拿着手枪在火堆前读一本书。贡宝扎布又睡了一觉，醒来时看火堆旁坐着驴，手里拿枪。

天亮了，俄国人蹲在一起研究地图，七嘴八舌说了半天，然后赶路。贡宝扎布骑火焰走在前面，驴步行，萨沙骑在驴昨天骑的黄缎子上。他们顺着河边走，渐渐地出现山路。贡宝扎布骑马走在前面，山像墙一样立在左面，路的右面是河水。河道收紧，水流湍急浑浊。

贡宝扎布突然纵马跃入河流。河岸离河水恐怕有经幡杆子那么高，那几匹马也随着火焰嗖嗖跳入河里。贡宝扎布紧紧抱着马脖子，他不会游泳，但火焰不会丢下他。马斜着穿过急流，上了对岸。贡宝扎布回头看，另外三匹马也陆续上了岸，石头的脊背是光光的，骑它的谢尔盖被河水冲跑了，河面足有 100 米宽。

萨沙和丘拜克翻身下马。萨沙蹲在地上咳嗽，呛水了。丘拜克掏出枪，对准贡宝扎布的马。"你为什么跳河？"

"我没跳河，马跳河了。"

"为什么？"萨沙脸色苍白，指着对岸说，"驴，还在对岸。"

贡宝扎布说："路上冒出一条蛇，站起有二尺高，马受惊了。"

丘拜克说："你骑马过河，到对岸把驴接过来。"

"我不敢，我怕淹死。"贡宝扎布说。

驴在对岸的山崖上朝这边挥手。

"驴会游泳吗?"萨沙问丘拜克。

丘拜克说:"他哪里会游泳,他是顿巴斯的煤矿工人。这么急的河流,会游泳也游不过来。马的水性比人好,我骑马去把驴接过来。"

丘拜克骑着雪花到河边,雪花死活不下水。丘拜克喊道:"马斯洛夫斯基,驴,你保重吧,革命万岁!"他举枪朝天开了两枪。驴在对岸也朝天空开了两枪道别。

萨沙手捂眼睛哭了起来。丘拜克说:"政委同志,革命是残酷的,请收回眼泪,我以阿芙乐尔巡洋舰水兵的名义保证,我们一定能胜利。"

萨沙擤鼻涕,说:"我们把驴留在了叶尼塞河的左岸,这是不应该犯的错误。谢尔盖被冲走了。你知道吗?他攻打塞瓦尔托波夫要塞时有多么勇敢,他从未吃过一顿饱饭。你这个图瓦鬼。"

萨沙手指贡宝扎布。

贡宝扎布摊开手,"蛇——"

"可是,"萨沙说,"叶尼塞河左岸没有通往叶尼塞省的道路,怎么办?"

"前面有桥,"贡宝扎布说,"再走15俄里。"

他们继续走,石头跟在后面。河的右岸林木繁茂,在森林里走,冷飕飕的。萨沙说:"我在发烧。"

"唱歌吧。"贡宝扎布说,他唱起歌来。

我的白马呀,

你身上有海螺的花纹。

你听到了吗?

山谷里传来的是谁的脚步。

贡宝扎布的歌声突然变成尖锐的高音,像哨音。四匹马躁动不安,仿佛躲避什么。

"狼!"丘拜克用手指森林。

一群狼在不远处和他们并行,灰黄色的身影在树叶间闪动。

"你招来了狼,"丘拜克说,"你这个会巫术的东方猴子。"

"我怎么会招狼?我们都没命了。"贡宝扎布说。

马匹原地打转,不走了。他俩下马,藏在马身后。

狼群不知有多少只狼,它们半圆形包围了他们仨。正前方,一只大狼坐地上。狼们东一下、西一下冲过来,贴他们身边窜过去。马惊恐嘶鸣。狼在施展围猎战术,人的体力和精神一会儿就不行了。略一走神,狼立刻扑倒人,咬住人的脚筋,跳到人的背上。

丘拜克掏出两支手枪,"啪啪"射击,狼躲到树后,一会儿露一下头。萨沙趴在地上不动。丘拜克放了十几枪,子弹打完了。萨沙从腋下掏出一支左轮枪递给他,说:"瞄准了再打。"

一只狼直直地冲向丘拜克,他连打了三枪没打中。狼斜着钻到树后。一只狼咬住萨沙的脚向后拖,萨沙大叫,丘拜克连放两枪打死了这只狼,他把枪扔进狼群,说:"等死吧,没子弹了。"

萨沙捂着脚跟,血从指缝流出来。他说:"死神藏在狼的身上,比沙皇更可恶。"

丘拜克对贡宝扎布说:"我后悔没打死你,我早就想打死你。你用尖叫招来了狼。我不用子弹照样能杀死你,用你这头肥猪尸体喂狼。"

他拔出一把刺刀,走过去。

贡宝扎布又尖利地发啸音,好像他害怕了。丘拜克吓了一跳,萨沙哭了起来。

贡宝扎布指着树林,说:"狼呢?它们去找谢尔盖和驴去了。"狼们跟着大狼消失在森林里。

丘拜克一刀刺过去,贡宝扎布闪身握住他手腕,把刀夺下扔远,说:"我不用刀,你想听你骨头断裂的声音吗?"

贡宝扎布把丘拜克的手腕反拧到后背,拧到后脑勺,咔嚓一声,整个胳膊从肩上被卸掉。咔嚓一下,贡宝扎布用膝盖别断丘拜克的左手肘,把他拎起来,让他靠在树上。丘拜克两条胳膊像折断的树杈一样下垂,他滑坐地上。

萨沙脸朝下趴在地上,怎么啦?贡宝扎布把他翻过来,政委吓昏过去了。他捏住萨沙的鼻子,这人醒了过来。

"西方兄弟,"贡宝扎布说,"你刚才这觉睡得好吗?"

萨沙摘下眼镜,握在手里,说:"我是一个大学生,我没做过坏事,看在圣母的分上,饶恕我吧。"

"是谁杀了玉米?"

"我杀了黄马,我悔过了,我们失去了两个同志,你我找平了。"

"我没杀过人,我今天不想杀你们。半年后,你们的骨头上爬满蚂蚁。一年后,你们的头盖骨会被雨水洗得干干净净。玉米还躺在荒野里,我要回去安葬它。"

"我多想有一支枪,立刻崩了你。"萨沙说。

贡宝扎布对萨沙点点头,丘拜克用背顶着松树,试图站起来却摔倒。贡宝扎布骑上火焰,朝奎腾方向走去。带雪花的铁青马、黑得像炭的石头和黄缎子跟在他身后,红的黑的黄的马尾左右摆动,扫过白的蓝的紫色的花……

灵魂潜入向日葵

晚上,橙色的云朵在总统府顶上气象峥嵘,映衬两面旗。左手是俄罗斯三色旗,右手是图瓦自治共和国黄蓝两色旗,象征河流的蓝色从黄土地流过,很实在。总统府巍峨高耸,四层。这是他们国最巍峨的楼。这里找不到挤压人的太高的楼,实在。

总统府因为是总统府吸引我时不时看一眼。我手边还有一张照片:前景旅舍阳台,放一杯绿茶,我喝的;中景一排杨树,大叶杨;远景飘两面旗的总统府,国徽是一个蒙古人乘马飞奔。

晚上,总统府门前寥落,没哨兵。我一看就揪心,总统府怎么能没警卫呢?结论是:总统下班了,所有职员都下班了,楼里没人。黑黝黝的总统府,偌大的图瓦国只有我用一双眼睛为它守卫。

平常,各式各样的人,有的一看就是山区的牧民,慢腾腾走进总统府,倾诉,也有问天气和寻找走失牲畜的,很家居。旅舍服务员说，总统爱到百货大楼溜达，背手看各类商品。另一个服务员说，头几天，总统坐在列宁广场长椅上吃冰棍，一位国民说总统穿的西服不讲究。总统不高兴，请四五位过路人品评，大家说西服好，扣子也好。总统赞扬了每个人。这是现任总统，前任总统打猎从马上摔下，带着重伤走入天国。

早上九点起，一个礼兵在总统府门前廊柱间漫步，肩扛一杆步枪。用望远镜看，枪托雕刻花纹，枪管缠绕紫色的牵牛花，很可爱。礼兵制服袖口和下摆绣的是蒙古人喜欢的云子图案。图瓦人家家供奉成吉思汗。礼兵右手把枪，步履如蒙古牧民一样蹒跚，像参加婚礼，很家居。这时，他立定敬礼。可能是总统来了，我挪移望远镜寻看，没人。对面是歌剧院，中间的广场有放转经筒的亭子。没人呀？礼兵还在敬礼，抬下颏。向谁敬礼？他练习敬礼？不对。礼兵怎么会在总统府前练习敬礼？礼毕。礼兵接着扛枪溜达，偶以手指捻腮旁胡须。他又敬礼，刚才向南，现在向北。哪里有人？柱子、台阶和空荡荡的广场。他会不会向蚂蚁敬礼？我调整望远镜看地上。一只黄猫走过，半拉脸和高翘的尾巴是白色。它从南往北走，脚步轻佻，没搭理礼兵。

哎，这个事太蹊跷了。我跟同伴讲，他们说那不可能，总统府礼兵怎么会向猫敬礼，这种说法对人家不尊重。

第二天一早，我来到广场。

我坐在列宁塑像下的长椅上,等猫。

猫来了,白尾巴黄猫,领四五只扈从,黑的、灰的,它们由北边叶尼塞河边往南漫步。猫漫不经心走上总统府的台阶,嗅嗅地下的树叶,用爪子拨动。

礼兵没反应,不知是不是昨天那人。可能每个礼兵对猫的态度都不一样。礼兵向南面踱步,眉眼因阳光照射而蹙紧。他转身见到猫的队伍,立定敬礼,对着它们屁股,目送远行,礼毕。正是昨天的礼兵,腮边髯须。

我心里喜悦,冒出一个念头:图瓦人是崇猫的民族。马上觉出不确切,广场上的行人对猫均熟视无睹。抑或图瓦军队是崇猫的军队?不可靠。我抑制不住这份好奇心,向礼兵走去。我知道对执勤的士兵不能搭讪甚至不可接近,况总统府乎?试一试。我带着笑容,拾阶走近礼兵,敬礼,他微微点头还礼。我问他懂不懂蒙古语,他说刚好懂一点,家乡是图瓦南部靠近蒙古国的地方,叫恰尔基。我指远去的猫群——为什么敬礼?

他说,因为猫有灵魂——"孙思贴"。

灵魂?当然应该相信猫有灵魂。骆驼、马和燕子也可被赋予灵魂,为什么向猫敬礼呢?

礼兵说——向大官、首领、老爷,向他们致敬。

我说"喵"?

他说是的,"喵"正是大官、首领、老爷。

没法唠了。语言混乱让通天巴别塔出现官僚主义烂尾楼，更别说猫的事了。我灵光一动，问：死去的总统灵魂附在猫身上？

对！礼兵握住我的手，正是这样。

噢。我心满意足，向他敬个礼，又感冒失，他并不是附体总统灵魂的猫。刚才我们俩不断用敬礼这个手势谈论猫。

这件事告知同伴后，他们说我编造。有人对自己理解不了的事都不相信，我不想为他们启智，蒙昧更适于他们。

第二天晨跑，马路上有人喊我。是喊我吗？这里的警察说过，图瓦人午夜开始喝酒，早上才醉。我嗖嗖跑之，然而，拐过几个街口，他出现在我面前。不用怕，图瓦人都很善良。最多——醉汉向你讨要十卢布喝酒。这个人张臂拦住我，我把运动裤兜翻出来，没钱。他摇头，对地面敬礼。嗨，是礼兵。他穿一件灰夹克，没看出来，再说他也没扛枪。

他说他叫宁布——图瓦人信喇嘛教，好多人取藏语名字。宁布领我去看猫，到附近。

我身上汗湿，还是跟他走了。穿过两条街，人们都在睡觉，图瓦人清早不起床。宁布背一个羊皮口袋，系口。我用手捅一下，液体。宁布说，他看出我是一个和猫有渊源的人。也算是，我妈爱养猫。他说，去世这位总统养了一群流浪猫，管它们叫"灵目国民"。他死后，总统遗孀到乡下住，猫散伙了，四处游荡。

我问：你怎么得知他附灵于猫呢？

宁布不管我问话，按自己的思路说：猫想念总统，月圆之夜在屋顶嗥叫。今年牛蒡草比去年多，你看路边。总统喂猫牛奶，他认为每个猫前生都是艺术家，并且更喜欢喝羊奶。总统呼麦唱得好呢。小孩子死去了，总统会流眼泪。他是德国的博士，但没有孩子。他养了五十个猫，每个星期三给一个猫过生日，给猫戴那种帽子。这个俄罗斯老太太的儿子醉酒淹死了，她每天早上在这里等儿子。总统送给我一个指甲刀，韩国的，这么宽。原来这里是俄国兵营，撤了。可是总统死了，猫离开了他的房子，也没人给猫过生日。后来，我站岗，下午两点钟天突然黑了，乌云像树那么低。一个闪电从天上掉下来照亮地面，总统在广场孤零零地站着，看见我，他一转身跑了，四脚着地，尾巴是白的。你明白了吧？

没等我说明白，宁布说到了。两扇灰色铁皮门，门环用柳条系着。打开，空场堆着无数废骨头（不废的骨头堆不到这儿）。上面趴着一群猫，纷纷跳下来。宁布把皮囊放下，对着两米长的铁槽倒下去，牛奶。小猫们粉薄的舌头轻快飞舔。宁布掏出花生米大的奶球喂那个黄猫。宁布抚摸它的毛，说：总统的灵魂不在它身上了。

我问宁布：它经常去总统府吗？还有别人知道它是总统附灵吗？宁布把手臂横着劈过去：信，就信了，没这么多问题。其实我不清楚他是不是总统，也许是副总统，也许是副部长，有什么区别吗？他用细长的突厥式的眼睛看我。

我只是问问，图瓦是俄联邦六十多个结合体之一。它的政体是共和国，首长叫总统。这里的人信喇嘛教，同时信萨满教，相信天人合一。

宁布又说，我觉得总统把灵魂转移到向日葵上面了，你看到没有？那只猫的眼没有灵气了。你知道向日葵吗？

我说知道一点。

他拎着空瘪的皮囊，领我向叶尼塞河边走去，经过一个二战烈士塔。河边，一片向日葵垂着沉重的头颅，它们躯干的白芒还挂着露水。向日葵像路灯，像花洒，像厨娘一样低头沉思。

宁布说了一通图瓦语，用蒙古语翻译给我：总统啊，你的灵魂藏在哪棵向日葵上，就让它抬起头看看我吧，我是宁布。

宁布坐下来，双手抱膝等待。我也坐下，等待某一个向日葵慢慢抬起沉重的脸盘子看我们。葵花的花蕊大多脱落了，用手一拂，将露出挤在一起的葵花籽，像排字工人的字盘。有的花盘垂得比枝干都低。一棵小向日葵站在队伍里，身材只有它们一半高。它的脸就是脸，不为结籽，新鲜光润。唇形的花瓣整齐地张扬，像儿童混在大人逃荒的队伍里。我指着小向日葵问宁布：会不会是那棵？宁布走过去，单腿跪下，用手指摸它的花蕊和花瓣，站起转到它后面查看，掐一块叶子捻碎在鼻下闻闻，说：最有可能的了。然后他与它对视。

这场景，别人看了也许觉得他们好笑，但我喜欢宁布"离奇"念头后面的认真。人为什么不可以有灵魂？灵魂为什么不可以附丽于向日葵身上？只有幸福的人才有这种毫无功利的念头。图瓦国家很小，很家居，人民善良。

宁布用双手的食指拇指拉住小向日葵的叶子，用图瓦语悄悄说什么。他后背汗渍，鞋带乱成了一团。

克孜勒的风琴手

1

克孜勒是图瓦的首都，我觉得它像一个星星的名字，那种离地球很近，比启明星大但有一些裂纹的星星。上面有河水流过的痕迹。

这是我想象我在另一个星球观察克孜勒的情景，它包裹在西伯利亚的密林里，只有两万人口，算上安吉拉河左岸山坡密密麻麻的墓碑上的名字也到不了三万。

此刻我在跑步，路边堆积的黑杨树的叶子像波浪一样追赶我。树叶带绿色蜡质的光，背面有白绒。

手风琴声传来。克孜勒的大街没有喇叭，所有的声音都是真的。我从街口拐弯追手风琴声，树叶子也哗哗跟我转到这条街，绿油漆栅栏上的白鸽子飞上天。琴声断断续续，始终在我右耳方向。右面是列宁广场，我拐过去，琴声又变为左边。我绕左边的歌剧院跑了一圈儿，一个穿皮袄的醉汉躺在露天，屁股底下铺开蜿蜒的尿痕。手风琴声停了，就像你准备捉一只蝈蝈，到跟前它突然收声一样。我寻思压腿吧，刚把腿放在石栏上，琴声又响了，从南面那座骑鹿的女人雕像后面传出。

我跑过去，见到一个地下露台，有人坐在四脚板凳上拉琴。他有四十多岁，低头拉手风琴，头顶堆满了泡沫式的银色鬈发。黑胶鞋露出的大脚趾一翘一翘击拍，指甲绘一只橙色的甲虫。他身后的墙壁有彩色粉笔画的开花的树，红花和蓝花。

"啊？"他抬头看到我，表情惊讶，"你从哪里来？"

"中国。"

"你在干什么？"他围着我转了一圈儿。

"我跑步呢。"我身上穿着鲜艳的弹力短衫和短裤。

"从中国跑过来的吗？"

"哪里，"这话可别传到中国去，"我从安吉拉桥跑来的。"

他问："中国有安吉拉河吗？"

我说："没有，图瓦才有清澈的安吉拉河。"

他演奏一段舒缓的曲子，像蜻蜓在水面回旋，芦苇摇晃着向飞远的小鸟致意。三拍子的舞曲。

他说："这就是安吉拉河。萨彦岭东面的塔尔巴哈台河是这样的。"

他演奏一段快板。"你听到了什么？"

我没去过萨彦岭。我说:"宽阔的塔尔巴哈台河一直往东流,灌溉着黑麦……"

"错了,"他指着我哈哈大笑,"你简直像一个骗子,像你的穿戴一样。塔尔巴哈台河很窄,而且它向西流,流到西边的毕阑河。东边是瑙云山,地势越来越高,它流得过去吗?"

他把这段旋律重新拉一遍,速度更快。"是不是往西流?"

"是的,是的。"我点头,指西边。

他又拉一遍。"河水很浅,所以有喧哗的声音。你应该听出来了,旱獭在水里露出湿漉漉的黑脊背,像犁铧一样。听出来没有?"

"没听出旱獭。"

他停下,气愤地看着我,"我的琴声里没旱獭?"

我解释:"没听出旱獭像犁铧,我听着像树根,黑树根。"

"中国没有旱獭吗?"

"没有。"

"那我原谅你,塔尔巴哈台在蒙古语里正是旱獭的意思。"

"你画的?"我指他身后的画。

"是我,这是海棠花。"他双手抱琴,下巴搭在琴上像搭在窗台上,他说,"塔尔巴哈台河的海棠开花了。"

他闭着眼睛拉忧伤的一支曲子,我悄悄离开了。

2

第二天早上,去那里,没见到手风琴手,板凳还在,墙上的粉笔花也在。我看见花里有许多画上去的眼睛,横着竖着藏在花的间隙里。我把一瓶伏特加、半公斤奶油和两个苹果放在板凳上。第三天没去,第四天我见到他却认不出了,他穿灰西服,戴前进帽,银色的小发卷在帽子下镶了一圈儿。他站在海棠花前笑,八字胡变成一字,下面一排白牙。他手指在肋间上下动,示意手风琴。

"云灯嘉博,叫我云灯。"他伸出手。

我指着西面说:"塔尔巴哈台河只会向西流。"

他哈哈大笑,用手指按着嘴唇说:"奶油和酒,现在站在我家的桌子上。中国人,我今晚请你到家里做客。"

"手风琴欢迎我去吗?"我问。

"哈哈哈,手风琴和它的老婆三弦琴都欢迎中国人。"

晚上,我按着他说的地址——蜂蜜街走到头,数着黑杨树往回走,走到第九棵杨树往北看,挂蓝窗帘的屋子就是他家。

进屋,云灯说:"欢迎从中国跑步过来的人。"他穿一件黑底带金花的丝绸衬衫,紧袖口,袖子有裤子那么肥。他的黑胡子显然抹了油,捻成尖型。

"你好酷。"我说。

他不以为然地撇撇嘴，登凳子把屋顶的电灯解下来，放在桌上，盖上一张红纸，我们两人的脸变得红彤彤。

他指自己，又指椅子上的手风琴和三弦琴，"我们欢迎你的到来。红灯是欢迎贵客的排场。"

倒上伏特加，云灯仰脖喝了一杯，约100毫升，右手食指从脖子、胸脯、胃往下划，在肚脐处停住，他用鼻子闻闻这根手指，说："到了，酒到了它们要去的地方。"

云灯的屋里有烤面包的炉子，装水的塑料桶，窗户遮着落地的蓝窗帘，西面摆一张单人床，墙上挂着窗帘那样的蓝布。墙边摆许多乐器。

他又喝一杯，手指划到胃部停住了。"这伙人没到地方就下车了。"他把酒叫"这伙人"。

他再喝一杯，从床铺下面拿出一个听诊器，听自己的肚子，说："都到了。"

他拿听诊器让我听，我听了一会儿，略微有咕噜声。

云灯捻油黑的胡子尖，"他们唱歌、打闹呢。酒最喜欢的地方就是我的肚子，比宫殿都好。中国人，你为什么不喝酒？"

"我肚子不好，酒喝进去肚子疼。"

"哈哈，中国人肚子里的坏主意太多了。"他摸着肚子说，"酒让我说说海棠的事。"

云灯拉着琴唱道："你像燕子飞进我的胸膛，你的瞳孔比夜更黑，世上所有的路都通向你，我像影子走在你的身旁。""我是山崖背后的雪,等待你来融化,我背后的石头太厚了,挡住了阳光。海棠啊海棠。"

我想起歌剧院露台的花和树,花里有眼睛。

云灯起身把墙上的蓝布单子掀开,露出一幅大画,一只鹿,绿身子带红花,长着人脸,红脸蛋,也是粉笔画的。

"她就是海棠。"云灯自豪地说。

我略微明白一点了,"海棠是一个人?"

"是的,我的恋人。"

"她在哪儿?"我想问她是不是死了才让云灯这么痴情。

云灯叹口气,"可能在满都海酒吧。"

我恨不能去酒吧看看,什么人让云灯这么痴迷。

"你为什么不和她在一起?"我问。

云灯低下头,说:"她不喜欢我。"

"为什么?嫌你年龄大了?没钱?"

"不,我们图瓦人不看重年龄和钱,钱多了有什么用?你知道,我们的商店里没什么东西。我在旅游旺季唱歌也赚很多钱。年龄没关系,60岁的男人娶20岁的姑娘,也没人奇怪。"

"那是因为什么呢?她知道你喜欢她吗?"

"我寄给她一封信,她当着我的面用打火机烧掉了。"说着,云灯开始出汗,拿一块手巾擦汗。他脸上、脖子、前胸都有汗冒出来。

"我不敢去见她,我去找她的时候腿哆嗦,慢慢就抽筋了,我只想她听到我的琴声。"

"她从歌剧院路过吗?"

云灯点头。

"她到地下露台看过你吗?"

云灯摇头。

"那你怎么办?你娶不了她,要等到什么时候?"

云灯的眼睛在憧憬。"我每天想到她在走路、在坐着、在笑、在吃饭、在打针、在睡觉。夜色降临,星星像河卵石堆满了天空,她合上眼睛睡着了,我这么想着度过一天,我觉着挺幸福。"

云灯看一看手表,拉开北窗帘,端一块木板扣在窗户上,告诉我把灯关掉。

我关掉蒙着红纸的电灯。

"你看到没有?"他指着木板的孔说,"星星,北斗七星。"

我看了半天。是的,木板钻了七个孔,孔隙里可能有星星露出来。可是这有什么用呢?

"这是北斗星的门,它们从这些洞里走进我的房间。星星也有好有坏,有小偷和骗子,北斗星是端正的星。"

"咱俩去满都海酒吧,看看海棠?"我对他说。

"现在吗?"云灯问。

"现在。"

他变得手足无措，又开始冒汗。他身上的黑衬衫已经湿透了，我让他换一件。他换上领口绣花的白衬衫，问我好看吗？我说好看。他说不行，又换了一件蓝衬衫。蓝衬衫在他换裤子、梳头期间又湿透了。"我没衬衫了。"

我把身上的鹅黄衬衫脱给他，我还有夹克衫。

我们俩出门。月光把草叶照得像羽毛一样白亮。安吉拉河水像石板一样平，但楼房在河里的影子有齿纹。

"你要见到海棠了，紧张吗？"

"是的，我想撒尿。"他叉腿撒了一泡尿，说，"那些准备要出的汗尿出去了。"

"你用不着这样。爱情不像你想的那么沉重，海棠不过是个女人，是无数个女人中的一个。"

云灯很生气，"你们中国人这样想吗？这样想，世界就没爱情了。如果不是穿你的衬衫，我就骂你了。"

"我尊重你的看法。你还没说海棠为什么不接受你的感情。"

云灯站下，用手指捻胡子尖。他说："我每天都在寻找这个答案。我假设她不喜欢我的各种可能性，记在本子上。比如，我眼睛一只大一只小，勾掉。我身上有时会发出类似芹菜的味，勾掉，我听说她吃过芹菜炒肉。我拉的曲子休止符不明显，也勾掉，因为她不知道哪个地方有休止符。我觉得原因有两个。"

"哪两个？"

"我不勇敢。"

"你不勇敢吗?"

"可能不勇敢,但我准备勇敢了。"

"还有呢?"

"她可能爱上了高加索人。"

"高加索人是什么人?"

"格鲁吉亚来收羊毛的人,高个子。"

我说:"当你穿上这件黄衬衫后,一切都会改变。"

"是吗?"他握我的手,"太好了。"

"海棠长什么样?"

"她嘛,脸像春天的冰一样白,脖颈比天鹅脖子还高耸,她的手指像曼陀罗花的根,她的耳朵比得上第比利斯珠宝盒的雕花。"

"她浑身上下都是工艺品。"

"是的,她的声音像笛子吹出来的,她的脚趾像印度象牙。"

我想象不出这些东西放在一起是什么,但感到图瓦人的思维受到史诗《江格尔》的影响。

酒吧到了。云灯踮起脚尖走到玻璃门前往里看,转身往回跑。我拉住他,"怎么啦?"

"她就坐在那儿,穿粉衣服,我心跳得太快了,我要回去。"说完他跑进黝黯的夜色里。

3

我独自进入酒吧。这儿的房间由巨大的原木构制,好像关东军在海拉尔修的坑道。饮客们嬉闹喧哗,两个小伙子一手端酒杯,一手搂着对方肩膀,侧脸向对方笑,好像等待照相。音箱播放俄罗斯人唱的摇滚,听上去像念咒。

粉衣服的海棠独自坐着。我走过去,问:"我可以请你喝一杯酒吗?"

她用下颔示意我坐下。我点了朗姆酒、金酒和啤酒,都是双份。她看我,目光似乎穿越我的脸数我后脑勺有多少根头发。这个人面鹿身女神的相貌跟云灯颂扬的春天的白冰没什么联系,她长着罗马人的窄脸,在图瓦很少见。笔直的鼻子撑着洁净的前额,细长的嘴跟平直的眉毛呼应一体。

"中国人?"她问。

我说:"汉地蒙古。"

她举杯。

我说我来这里拍电视节目,这是我在图瓦说了无数次的开场白。我说我交了一位新朋友,名字叫云灯。

她点燃一支烟吐出来,像用烟雾把自己的脸包裹起来,烟雾后面有锐利的目光射过去。

我说:"如果不算冒犯的话,我想和你聊聊他。"

"我以为你请我喝酒是想追求我。"她说。

我窘住了。说追求显轻佻,说不追求是对姑娘的轻视。

"不会是云灯派你来的吧,他不是那样的人。"她替我解围。

"是的,他和我一起来的,走到门口吓跑了。"

她耸耸肩:"女人会喜欢这样的人吗?"

"他说他不勇敢。"

"爱情天生勇敢,不勇敢还叫爱情吗?"

"唔——"我发现我说不过她。

"你印堂右侧暗,这是情感创伤的结果。"

她会相面。我说:"你山根高,有福气。"她耳轮外凸,没节操,但我没说。

她用手指叩桌子,说:"哈哈,共同话题,我看相也是跟中国人学的。"

我说:"我只懂一点点。"

"你看我运气怎么样?"

她眉毛乱,我说:"你运气差一点。"

她点头,说:"你的眼睛和耳朵证明你的善良,晚年很好。我会把我的故事告诉你。我叫海棠,我是一个护士,我要向你说什么呢……"

她嘻嘻笑了。她的粉衣裳缝一排蓝布襻,缝珐琅纽扣,左右手戴图案不一样的银扳指。她吸了吸鼻子,眼睛朝上方看,好像屋顶写着她的简历。"我从报喜城医学院毕业后,来到图瓦,我老家在蒙古国的乔巴山市,从小没有父亲。我第一次见到云灯是在冬天,他在河边盖了一个雪的小房子,用颜料刷成蓝色,在雪地里很鲜艳。夜里,他在雪房子里拉琴唱歌。我下班经过雪房子探头看,看到云灯。他坐在金黄色条纹的兽皮上拉琴,那时他梳一条雪白的辫子。他看我的眼神像树叶里的小鸟,出神了。"

"第二天早上,他在我上班的路上等我,送我一枝红色的野芍药花,你知道吗?他在这朵芍药的每一朵花瓣上画了眼睛,不知怎么画上去的。我知道我遇到了爱情。可笑的是他把花塞到我手里就跑了,像小学生给老师送花那么羞涩。我谈过好多次恋爱,但没一个男人像他这么羞涩。"

"你会问我为什么拒绝他,怎么说呢?如果是别的女人,会享受这种宠爱,女人对浪漫是没有抵抗力的。你即使不爱他,也不妨享受其中的浪漫,但我不能。"

海棠把几种酒混在一起喝进去,"他在我上下班的路上等我,远远地,藏在树后面看我。在歌剧院后面拉琴,想让我听到。有一天下雪,早晨我看到从我住的地方到医院扫出了一道小路,这有一公里远啊。一定是他扫的,克孜勒这么大,只有我的房子和医院之间有一条小路,我成了女王。那天夜里雪一直下,他要反复扫,从半夜扫到天亮。当时我哭了,我不知道世上还有这样的男人。上天给了我这样一个男人，我感到痛苦。"

她点燃一支烟，用面巾纸擦拭过滤嘴上的口红。

"换作别的女人，会送给他香吻。但我不。为什么？因为云灯是纯洁的人，而我不是。虽然佛法上说纯洁与不纯洁只是世俗判定，但我知道我不纯洁。我不知道老天爷是怎么安排的，让他这么纯真的人爱上我。你看，那些面相非常好的男人会奋不顾身地爱有缺陷的人，你如果懂面相应该知道，我貌不错但相不好，因果关系是任何人都躲不掉的。我的所谓美貌只是一锅汤上漂的油花儿，这些油花儿正在飘零。我见过生活的恶，但云灯没有，他是个儿童和风琴手。我配不上他，他追求我是他福报遇到了一个坎。过去了，他的福气会更大。过不去，福就散了。"

我说："太深奥了，你想说你不爱他？"

"不，我爱他。"

"那你应该告诉他。"

"有一个孩子背一罐清水去见上帝，上帝收到这罐清水后会给他奖赏。但孩子贪玩，被一块石头绊倒，把水洒了，这是你说的爱吗？我就是那块石头。"

"这不像姑娘的心理，像喇嘛说法。"

"你不要拿喇嘛比喻我，那是亵渎。但我确实不在恋爱的状态里，如果云灯是一个混蛋，我可能接纳他，他像羊羔一样无知，也像羊羔一样可爱，所以我不能。"

这女人心理有问题，我不打算跟她探讨人生哲理。可怜的云灯碰到了顽石。

"你觉得我不可理喻，对吧？"

我点点头。

"你知道真相就明白了。"

"真相是什么？"

"我当过妓女。你看你的眼神变了，你不会从这里跑掉吧？你没见过妓女吗？我在报喜城读书的时候，我母亲病了，糖尿病并发视网膜脱落，到我身边住院治疗，她的眼睛保不住了，肾的问题更大。这就是我堕落的开端，接客，为母亲准备医疗费。但这不是借口，不是每个女孩都为母亲治病而当妓女，但我拿身体换钱。我也喜欢好衣服和高级化妆品，每天接待从黑龙江坐船蜂拥而至的中国人。我甚至学会了好几句中文——老板、好爽。我不能想象云灯娶的妻子过去是一个妓女，更不能为这个女人举办盛大的婚礼。为了让云灯死心，我假装交了一个男朋友，他是高加索人，我们在报喜城就认识，他是坏人。我希望云灯慢慢忘记我，一切变得跟过去一样。下雪也没人扫出一公里的小路，这让我更恨自己。"

"如果云灯忘不了你呢？"我问她。

"那是他的劫难。"

云灯用世上所有的美好描画海棠，却得不到她的爱，这就叫劫难。世上唯一没有办法的事情不是山崩地裂，而是爱情。

"你在想什么？想象我在床上是什么样子吗？"海棠脱去粉衣裳，身上剩一件小背心，乳沟处有一朵海棠文身。

"害怕？妓女只是妓女，不是杀人犯。"她穿上衣服，表情冷起来，"你想知道妓女怎么想吗？她们不是性欲狂，她们仅仅是需要钱。中国人，你听懂没有？"

她在痛斥我，好像我是嫖客的代表。

这时候，一个人来到她身旁，俯身搂住她肩膀。他身材细高，一脸黑胡茬。

"中国人，"他对我说，"你在讨姑娘的欢心吗？"

"不关你的事。"我突然冒起一股火。

"好，我吓坏了。"他张开手，退着离开。估计他是高加索人。

"海棠，"我对她说，"我被你的真诚打动，体会你的心情。我会保守秘密，谢谢你。"

说完这些辞令，我拿起桌上的打火机和烟准备离开。

"中国人，"她伸手摸摸我的脸，"你眼角的纹路说有一个女人会下个月追求你并折磨你，小心吧。"

我离开酒吧。沙枣花的香气从看不清的夜色里包围过来，像细雨。孤孤单单的北斗星在天空闪亮。

"中国人。"

一个人从路边跳出来，身穿黑衣服。到跟前，他双手捧着一件衣服。云灯，他捧着我的黄衬衫。

"我见到了海棠，说了一会儿话。"

云灯连连地点头,等我说下去。

"她是一个好姑娘。云灯,就这些。"

云灯向往地看我,"她听到我拉的琴吗?"

"没说。她说你很好。"

"没说别的吗?"

"没说,真的就这些。"我走了,把他留在身后,我不忍心看他那双渴盼的眼神。

4

后面几天,我和摄制组去斯维尔多夫斯克拍摄一个驯狐狸的人,他驯的狐狸会送信,还会把熊贮藏在树洞里的鱼偷走交给主人。回到克孜勒,我去歌剧院的露台找云灯。他没在那里,墙上的粉笔画被人擦掉了。我去云灯的家,门上挂着锁。

云灯跳河自尽了,这是我脑子里冒出的想法,他听到真相或海棠和高加索人结婚的消息,难免会自尽。

之后的一个月,我们去埃文基人的营地拍他们驯鹿。回来,我到满都海酒吧打听云灯的消息。

"云灯?"酒吧老板反问我,"你不知道他的消息吗?他说和你是最好的朋友。"

"他怎么了?"

"他双腿摔断了。"

"怎么会呢？"

"唉，他去乃林山的悬崖上采野蜂巢，摔下来，被松树挡住，再摔下来，又被下面的松树挡住，命还有，脚都碎了。"

"他采野蜂巢干什么？"

"野蜂巢很值钱，治病的。云灯不是为了钱，他要表现勇敢，把野蜂巢送给海棠。好在他没碰到蜂巢就掉了下来，要不的话，野蜂会活活蜇死他。"

"后来呢？"

"后来他去乌兰乌德的医院做手术，那算什么狗屁手术，就是把两条腿用锯给锯掉了，我都会锯。"

"他在哪里？"

"唔，不远。你见过六字真言那座山吗？很大的字，老远就看得到。他在山后面的松林里捡松籽呢。"

第二天早上，我跟摄影赫勃连上山了。

乃林山的阳面怪石嶙峋，北面是漂亮的松树林，落叶松的松针撒在地下，金黄一片，踩上去比地毯还软。赫勃连说："这么大的树林，上哪儿去找云灯？"我说："用耳朵找。"

这时我听到了琴声，耳朵告诉我往东走。

松树的香味在人鼻子里打转，像琴声一样美好。快要下坡时，眼前露出一片草地和一小片湖水。赫勃连支机器拍摄。琴声从湖边立起的巨石那儿传过来。石头后面，我见到了云灯。

云灯坐在轮椅上,亚麻衬衫里面露出古铜色的脖颈,银卷发上编了七八根筷子细的小辫,像给马鬃编的,头上撒着薰衣草干花瓣。他见到我非常高兴。

"中国人,我以为见不到你了。你上次见到的那两条小腿留在乌兰乌德喂狗了。"

我说:"我知道了,看到你现在的样子,我很高兴。"

"一会儿,你会更高兴。"

他拿琴拉了一首曲子,我听到一个女声从树林里传过来:"怎么啦?"

一个穿白裙的女人从林里跑过来,脚下踩着晃眼的松针。她一手拽着裙角,一手遮阳棚朝这边看。

原来是海棠。

她跑过来,"谁来了,你拉鼹鼠敲门这首曲子,我知道有人来了,噢,中国人来了。"

她和我贴过脸,接过我们拿来的礼物。我从他们两人的脸上看出来,北斗星已经从木板的孔隙钻进了云灯的屋子,爱情和海棠都钻进屋。

赫勃连要拍海棠捡松籽的画面,他们走到林子里。

"我用我的腿换来了幸福。"云灯对我说。

"你应该得到的,祝福你。"

云灯说:"我登上乃林山的时候,野蜂巢就在我头顶。脚下石头突然松了,我双手抓住一块凸出的石头,下面是山谷。我知道我活不成了,胳膊酸到把不住石头就掉下去粉身碎骨了。我把着石头想海棠现在干什么呢?她昨天上班穿了一件迷彩布的裙子,哈哈,迷彩也有裙子,脖子上挂一串项链,我猜是野猪牙的。风吹起她的头发,头发飘向蛮金山那边。她多美呀,算了,我松手了,我不想坚持不住时再掉下去。我喊'海棠——',这是我告别世界最后要说的话,后来什么都不知道了,我听说羊倌救了我。我躺在我拽掉的松树上,要不脑袋早碎了。羊倌把我背下山。海棠听说跑了过来,她抱住我。她的眼泪把我身上的血都冲干净了。后来,我们去了乌兰乌德,回到克孜勒,我们住在这片树林的棚子里。今年的松籽是20美元一公斤,海棠捡到300多公斤了,我们要去莫斯科换假肢。总之,海棠让我干啥我就干啥,头上的小辫也是她编的。我很幸福,比有腿的人还幸福。"

远处,海棠坐在湖边,裙子弄成喇叭形,让赫勃连拍摄。塔形的松树,枝叶一层比一层宽,好像要蹲下来听一听海棠和赫勃连在说什么。

水碗倒映整个天空

图瓦人布云的家里没有杯子，只有碗。他家人喝酒喝茶用的是从巴基斯坦买的铜碗。布云说："玻璃杯是不好的，像人不穿衣服一样。酒和茶的样子被人们看到了，它们会羞愧。"

"谁会羞愧？"我问。

"酒、茶、水、汽水它们，不好意思呢。"

"那你用瓷杯子吗？"我问。

"瓷杯子嘛，我在布尔津的饭馆里见过。酒在里面憋屈，那么小。你知道，酒不愿意待在小东西里，它喜欢大缸（他指了指西边，西屋的大钐刀边上放着布云酿的骆驼奶酒的酒坛子，他喜欢管它叫缸），还喜欢待在皮囊里，最小的地方也是酒瓶子里。"

我在布云的家里用巴基斯坦的扎哈拉（蒙古人支系）人制造的大铜碗喝奶和奶茶。一条小河从他家的窗户下流过去，河水泛青。我在新疆看过的河大多是青色的，如冻石一般，只有伊犁河黄浊，他们说用伊犁河水煮出来的羊肉最香。在喀纳斯——这里是图瓦人和哈萨克人的乡土——青碧的河水在戈壁石的河床流过，激发细碎的白浪花，像啤酒沫子一样。河水绕过松树，流入白桦林里面。落叶松像山坡上睁着眼睛张望的狍子。松树的阳面微红，像肉煮到五成熟那种鲜嫩的粉红色，而背阴的树干褐黑色。落叶松的脚下撒满去年的松针，冬天，这些松针保管在干净的积雪里。雪化后，松针一片金黄。落叶松落下这么高贵的松针，真有点可惜。如今松树枝头长出新叶子，像肉色的小松塔或小花蕾。山坡上，松树错落排列，似僧侣下山散步，走进布云的家喝茶。

布云听说我去过俄罗斯的图瓦自治共和国，喜欢听我讲这个国家的一切，特别是总统的事情。我说："他们的总统四十多岁，笑眯眯的，背着手逛商店，或者坐在广场长椅上晒太阳。"

布云听得眼睛亮晶晶的，他把嘴角上拉，说："是这样子吗？总统笑眯眯的？"

我说："正是，总统右手无名指戴了一枚琥珀的银戒指，左手食指戴一枚西藏松石的银戒指。"

布云摸自己的左手和右手，说："我也要有那样的戒指，人人都可以有银戒指。"

"我的故事讲完了，该你吹楚尔了。"我说。

布云从墙上摘下用芦苇做的笛子——他们叫楚尔，用嘴角轻轻吹。旋律轻柔而忧伤，仿佛在叙说湖水、雾和白桦林的样子。我觉得梅花鹿如果会吹笛子，吹的就是楚尔，它的音色表达的正是动物的心情。松鼠看见露珠从松针垂直坠落，羊羔在河边看见一条小鱼卡在水底的石缝里，猫头鹰看见月牙坐在松树的枝杈上，后背让露水打湿了。布云的楚尔正在表达这些境状，简单，说幼稚亦无不可。布云本人就很简单幼稚，愿长生天保佑他越来越简单，越来越幼稚。在这里，奸诈没有一点用处。

我拿铜碗，舀一碗泉水喝（布云的泉水从山腰取回，放在维吾尔人的大铜壶里，他认为水和铜相互喜欢）。我走到房门外边，见绊着马绊的马两个前蹄一起往前蹦，找新草吃。黄色的山羊群急急忙忙跑过来，白云像围脖一样遮住山的胸口，却露出山峰的脸。我低头喝水，看碗里竟然有玫红的霞光和刺眼的蓝天。碗装下了这么多东西，真是比杯子好多啦。

鹿屁股酒馆

我迷路了。

我庆幸写下这几个字的时候我已经不在图瓦那片倒霉的森林里了,裤子和袜子不再泥泞,也不必企盼一切生物——从大雁到蚂蚁——变成搭救我的恩人了。

他们——呼和浩特的一些学者——说图瓦东部的吉尔格朗河边有一块古碑,清朝驻图瓦都督或都统在碑上刊布了什么什么事。说起这个,我还是感到恼火。总之你不能随便相信学者提的建议,用你自己的脑子思考该干什么不该干什么。

那时我住在采蜜人的帐篷里,已经住了三天,录制了采蜜人纳达纳唱的三首情歌。纳达纳住在香炉山的半山腰,往下看,松树像深绿的菜花那样遮蔽了山体,一寸土地都看不到。这片森林在春天盛开一种治咳嗽病的白花,当地人管它叫白森林,也叫咳嗽森林。采蜜人纳达纳说,走到吉尔格朗河需要走20公里。

"中间有山谷、河流吗？"我问。

"没有，全是树。"

"吉尔格朗河边有碑吗？"

"碑是什么？"

"一块石板埋在地里，露出的地方刻着字。"

"有呢，还刻着画呢。"纳达纳在地上画，看不出他在画什么。

"那里有多少块碑？"

"很多呢，还有坟。"

妥了，我愉快地出发了。20公里，我预计用不了四小时就能到达目的地。我步行走过60公里，在大学操场跑道，150圈，十小时多一点儿。

进入森林，我见到一丛奇异的蘑菇——在西瓜大的蘑菇顶长着一只柚子大的蘑菇，它上面又长了一只更小的蘑菇，都是红色，像掰开的西红柿那么红。多好，蘑菇一家人都在这里，爷爷扛着儿子和孙子去赶集。我为它们照相，意犹未尽，又向它们敬一个军礼。礼是向最下面那个大蘑菇伞敬的，是它把那两个蘑菇顶在头上。我脚下根本没有泥土，全是积累多年的腐烂的树叶子，踩在上面跟踩国宾地毯一样。如果两个人在这里摔跤，倒地者根本摔不疼。我见到一只（应该叫一根）食指粗的绿蛇钻进树洞里，好像树洞是一张嘴，把它当面条吸进去了，那种用蔬菜汁制作的面条。我还看到一只褐色的大蛇艰难徘徊，腰部鼓一个大包。我很想上去踩一脚,但没敢,我怕蛇从裤脚嗖地钻进裤裆里,那可完了。

我撒了一泡尿,之后我感觉迷路了。因为我一直向南走,也就是朝松树的阳面走,阳面树皮色泽浅白。这时发现,我正朝松树的阴面走——这是北方。那时,我身上还没配备指南针。我查看地上的小石子,我确实朝着石子迎光面的相反方向走。我慌了,出发时,我一直朝松树的阳面走,怎么会走反了呢?难道这里的松树长反了吗?不会的,植物不会找错太阳的方向。我赶紧寻找来时的足迹,顺足迹退回去,退到采蜜人的帐篷。但是没有足迹,只有树叶,我看不到我的来路。我身上开始冒汗,不祥的感觉在脑海盘绕,像乌鸦的翅膀越扇越低。我本来想哭,但哭没有用,不如闭上眼睛回忆正确的路线。大脑神经学认为,人的大脑对地理图像具有生成、存储和备份功能,它会在安静的情况下自动浮现出来。我闭上眼睛,心里浮现的第一句话是不能在野外随便撒尿,第二句话是更不能在外国撒尿。其他的我什么也想不起来。完了,我睁开眼睛,松树全都一模一样。蛇呢?在哪个树洞里像面条一样被抽进去?太阳藏在了云层里面。

我靠着一棵松树坐下。我考虑我会靠着这棵松树死去,头歪向这一边呢,还是歪向另一边?随便吧。我告诉自己:一、镇定,静能生慧。二、考虑周围有没有食物。周围只有草和树。三、寻找水源。不知道哪里有水,吉尔格朗河水很多,它在世界的尽头。四、节省自己的尿,不能白白撒在地上,它可能是唯一的饮用水。五、考虑晚上御寒。六、防止野兽侵袭。我身上没有刀,但有一只打火机。打火机是点燃篝火、放烟示警和防止野兽的宝物。七、写遗书。奄奄一息时再写吧。八、给亲友打电话。我的手机没办国际漫游,这很糟糕。给图瓦警察和伊尔库斯克中国领事馆打电话,我没电话簿,这更糟糕。九、打坐。减少热量消耗,多活一会儿是一会儿。十、庄严地迎接死神,我不想让他看出我迷路了。

我觉得我没什么办法摆脱困境,我一点办法也没有。在森林里迷路最忌讳乱走,越乱走越增加绝望感。我应该劝自己的心脏跳得慢一点,但心脏根本不听我的劝告,减不到每分钟四十下。

人哪,不出国便罢,出国一定要带上能上网的手机,用谷歌地图导航;要带户外刀、电筒、指南针。人都是事后诸葛亮,如果没遗憾,地球人口可能比现在多一倍。减少的那一半人已于遗憾和冻饿交加中死不瞑目——他们的身体除了眼睛之外,其余部位都死了。有句话叫"生于忧患,死于安乐",为什么不改为"生于中华,死于图瓦"呢?图瓦为什么叫图瓦?一个小国,国土只有20万平方公里,但死个人足够了。人死后,皮肤开始脱水,脂肪分解,散发尸臭,身上爬满了昆虫。当然,最先腐烂的是内脏。有一只喜鹊飞过树梢,这时候,喜鹊还好意思在我面前飞吗？讥讽，对没带指南针的人最深刻的讥讽。喜鹊飞过，是不是会有野猪来到？我才知道鸟为什么不愿托胎为人，因为人会因为迷路死在白森林里，鸟飞过去就完了。鸟啊，想问题比人更长远。我不敢闭眼睛，一闭眼就看见我闭眼死去的情况，一动不动，基本上算安详。事实上，每个人心里早就装满关于死亡的预期图景，只是到临死之际才无比清晰。好了，这些废话我不说了，我说我的脱险经过。

我脑子里有三个方案：一是往外走，走到有人家至少开阔的地方。但我不知能不能走出去，体力耗尽会加速死亡。二是沿原路走回帐篷。没把握，结局可能跟第一个方案差不多。三是原地等待。等什么我也不知道，这里面有运气、神的恩赐等等，也包括等死。我决定采取第三个方案。

我要找一棵树爬上去，预防野兽在夜间袭击。我站起身，慢慢走，找这棵树。我要尽量节省血液里的肝糖原，我手边一点食物也没有，实在饿了再练习吃草。前面100多米处有一棵树，我走过去。这不是松树，很粗，干枯并倾斜，正好方便我上去，树的下面是一个长满青草的山坡。我慢慢爬上树，离地大约两米高。爬树之前，我把衬裤脱下来，它可以在夜间撕条点燃驱赶野兽。在树上，我解下冲锋衣里的系腰绳，把树和我绑在一起，怕睡着了掉下来摔成骨折。我把自己绑好，四处瞭望，盼望见到炊烟什么的。

这时，传来巨大的断裂声，我感觉天旋地转。地震了，这是我的第一反应。我的处境够惨了，难道还需要地震配合吗？我被地震或山崩的气浪卷走，耳边呼呼生风。完了，所有的倒霉事一起发生了。过了一会儿，地震引发的山石滚动声停止，我睁眼看到了蓝天。再看，松树仍然笔直地生长着，但长在离我很远的高处。可能不是地震，我看我仍然被绑在树上，躺在沟底。原来这棵枯树断了，滑入山坡。我明白了，我把这棵树压断，它像船一样载我到了一个新地方——山沟底下。

我解开绳，哆里哆嗦爬下树，发现眼前站着一男一女。他们目瞪口呆，见了我，纳头便拜，称颂："宝日罕！宝日罕……"（蒙古语：佛呀！佛……）

我其实应该向他们拜。这不是人吗？我不是正盼着人的到来吗？他们来了。他们身边放两个筐子，一个放白石子，一个放黑石子。他们好像正在拣石子，拣回去下棋。

我腿一软跪下，说："宝日罕！宝日罕……"

他们听我发出人的声音，抬头说："塔，宝日罕比谢米？"（蒙古语：您，不是佛吗？）

我怎么会是佛呢？我说："霍日嗨，毕保勒浑目呢。"（蒙古语：可怜啊，我是人啊。）

他俩擦脸上的汗，放松地笑了。男的穿敞怀没扣子的薄棉衫，女的扎四方红头巾。

我讲了我的来龙去脉，他们大笑，男的擦眼泪，女的蹲在地下捂肚子。男的说:"虽然您不是佛,但您是巴拉根仓。"巴拉根仓是蒙古民间故事里面幽默、狭促的人。

"我说的是真事。"我告诉他们。

他们俩又大笑一阵,摆手,意思是不要说了。男的说:"你说的是史诗里的故事,哪有撒尿迷路的人呢?哈哈哈!我看你把自己绑到树上,哈哈哈……"

我没想到结局会这么欢乐。我说:"我饿了,还渴。"

男的说:"嗨!太好办了,从沟里上去就是鹿屁股酒馆,要什么有什么。"

我走两步发现我走不动了,脚或者其他地方不适应行走。男的过来背上我,女的挎上两只筐,我们顺一条斜线小路走到山沟上面。

大柳树下有一座原木垒的屋子,刷白漆,挂紫毡子门帘。进屋,男的把我放在松木的长条椅子上。屋里有两个人,算老板三个。他们手里拿着格瓦斯饮料、面包、小烧瓶的白酒,见到我,他们静穆地等待男的讲述。

男的开始笑,女的跟着笑并擦眼泪,这四个人越发严肃。男的笑够了,说见到我的情景,说我骑着大树从天而降。这四个人惊呆了,到跟前看我。他们仔细地看我的脸,摸摸我的头发和手。我说:"我饿了。"

他们哈哈大笑,笑着转身看别人笑,然后用更大的力量笑,摇晃身体。等他们笑声停下来,我说:"我要面包和热汤。"

老板快速拿出一块面包，掰开塞到我手里。另一个人端来一盘汤，还有一小块羊肋骨。

我狼吞虎咽吃下了这一切。阿弥陀佛，我死亡的事情告一段落了。我解开裤腰带，又吃了一个面包，请他们给我再加两盘汤。用盘子盛汤真是愚笨，但凉得快。

屋子墙壁的松木直径约有四五十公分粗。有一个窗户，像监狱的窗那样小，冻土带的窗户都小。窗台摆一盆开花的番红花。屋里的长条桌子像马槽那么长宽，松树桩子是椅子，上面钉一块木板当椅子背，木桩有高有矮，适应不同身高的人坐。有一人靠在墙上，他身边的木躺板上放一杯咖啡。咖啡边上摆四五个深红色的木碗，里边装着黑或白石子，像男女二人在山沟里拣的一样。还有一人坐在桌前剥蒜，剥好一只扔进玻璃瓶的蜂蜜里。老板穿一身迷彩服，蓄着修剪整齐的唇髭。

他们等待我开口说话。

我说："我是汉地蒙古人，从克孜勒到吉尔格朗河边找一个石碑，撒尿之后迷路了，爬上树准备过夜，但树倒了，我以为地震了。被他们两人搭救到你们这里。给我一点酒。"

我接过老板递过来的泡波斯贝母的酒，喝下去。我说："我还没从惊吓里缓过来，我感谢你们。我再来一点酒。"

"胆量从尿里逃跑了。"一人说。

喝下这杯酒，我感觉舒服多了。我发现他们长得都很

好看,高颧骨,细眼睛,突厥人相貌。他们神奇地出现在这里,吾道不孤矣。我说:"你们介绍一下自己。"

老板把右手放胸前,微躬身,说:"我叫默日根。救你的人是夫妻,贝玛和央吉。他是猎人都仁,他是木匠巴拉珠尔。我们都欢迎你,骑着树从天空下来的人。"

一个小孩从门外溜进来,八九岁,衣衫褴褛,红脸下是雪白的细脖子,像蘑菇一样,头发里透出一道疤。他把手偷偷伸到装蜜饯的碗里,抓一大把。

"去!"老板默日根斥责他,"有客人在这里,你别胡闹。"

"他是谁?"我指孩子。

"麦都麦,他的手到处乱伸。他没有父母,是羊倌喜饶从克孜勒大街的椅子上捡的。羊倌已经死了。"

麦都麦悄悄把一个木碗里的白石子放到另一个木碗里。

默日根拿起狗皮坐垫打过去,小孩抱头蹿出屋子。

"你再来一点酒吗?"

"来。"我死里逃生,饮之不惧,又喝了两小杯。我的心完全舒展了,那些焦虑,什么指南针、打火机、把衬裤撕成条点燃之类滚蛋吧。"碗里那些石子做什么用?"

默日根指一下碗,再指一个人,说:"他们的,赊账。白石子是白酒,黑石子是啤酒。冬天卖了猎物、松籽、燕麦之后把钱还给我。"

大伙笑，意思是这样。

"每人一年赊多少账？"我问。

"四五千卢布吧。"

我算了一下，五千卢布合人民币 900 元左右。我指贝玛和央吉，"他们欠得多吗？"

"贝玛不喝酒。他们赊的是燕麦种子、布和红糖，可能三千多卢布。"

贝玛和央吉满意地笑，仿佛赊的钱越多越好。

默日根说："墙角那个盆里有石子，谁喝了酒拿石子装到自己的碗里。"

"不会放错吗？"我问。

"不会，哪里会放错。"

"你数这些石子吗？"

默日根脸红了，说："不数，我怎么会数？新年的时候，他们自己数，把钱给我，石子再倒回盆里。"

大伙点点头，意谓确实如此。

他们酒喝得很慢，酒杯慢慢放嘴边，小口喝一点，很珍惜。这都是石子啊。

我摸一下钱包，还在，钱包里有二万卢布。我留下五千卢布，把余下的一万五千卢布交给默日根，说："他们的酒钱我来付，我很高兴在这里遇到你们。"

默日根没接钱，我把钱放在桌子上，空气里有一些尴尬。

羊倌和猎人喝完酒走了，贝玛和央吉对我笑了笑，也走了。

我有点迷惑。山里的人没见过这样付账的，可能不适应。但我捡了一条命，这么做未尝不可。我对默日根说："我困了，可以在你这里睡一觉吗？"

"可以。"默日根引我到隔壁的小屋，地上铺着黑毡子。他从壁橱里拿出一只方方的、两厢绣花的长枕头。"你睡吧，睡够了再起来。"

我在这个清朝样式的长枕头上睡着了，中间听到有人来到酒馆说话，又睡着了。后来听到说话声稍大，我醒了，坐起来想到迷路、从树上冲入沟底的这些事，觉得是很久以前的事了。我开门，见两个人正趴门缝看我，贝玛和央吉。他们不好意思了，搓手，好像手心有搓不掉的泥。猎人都仁、木匠巴拉珠尔在原来的位置，麦都麦坐在角落装石子的盆里。

默日根把一个高木桩让给我，垫上狗皮垫子，我坐上去像法官一样。

"他们，"默日根指大伙，"都不喜欢你这样做。"

"做什么？"

"他们不希望你把他们的酒账结掉，没意思了。"

"没意思？"

猎人都仁向前走一步，显然鼓足勇气说："我们喜欢这里，大伙聊天。我们也喜欢自己的小木碗，里面的白石子和黑石子像在笑。我们也向它们笑。"他朝木碗的石子摆摆手,"你结了账,这些石子就要倒进盆里了,我们的心像空了一样。"

"我们在一年的最后一天才把石子倒进盆里,等待明年第一天的到来。"木匠巴拉珠尔补充。

"但是你有钱。"央吉没头没脑说了一句,说完脸红了。

猎人都仁说:"我们也有钱。冬天到了,我们的东西就变成了钱。喝酒只花掉一部分,我们留一些钱修房子、看病、攒够去西藏的钱。"

"我不喝酒,但在这里吃果酱面包、吃蔓越橘干,像不花钱一样,冬天才给钱。"贝玛说,"每一年的元旦,我们在这里待一天,吃喝好多东西,把石子放进空空的碗里,碗也很高兴。"

"他喝醉了学熊叫和狼叫。"麦都麦手指巴拉珠尔。

默日根用鸡毛掸子指麦都麦,警告他闭嘴。

他们的话像演话剧一样,慢腾腾地,好像这些话是神让他们说的。

默日根把一叠卢布交还我。

"这些钱,"都仁说,"你可以在伊尔库斯克买一杆很不错的猎枪,游击队员牌,带红外夜视镜那种。"

"去乌兰乌德给你老婆买一个银狐大衣吧,配上鹿皮靴子,她保证高兴。"央吉用手在自己身上、脚上比划,好像是给她买的。

我拿着钱,推回去也不是,收起来也不是。我买单好像干了一件坏事,对不起碗和石子,他们却大度地开导我。天已经黑了,屋顶挂两盏煤气灯,火苗飘扬,人的影子在地板上微微移动。默日根胳膊平放在吧台上,微笑着听他们讲述。

都仁说:"冬天,这里很暖和,火盆里面可以烤马铃薯。伏特加里兑一点芬兰的洋桃酒,喝着像威士忌一样,这是默日根发明的。"

默日根谦逊地点点头。

"每天晚上我离开酒馆的时候,把石子扔到碗里,卜——,我听了一晚上睡得很香。"巴拉珠尔说。

他们突然不说话了,好像该由我说。我——我也不知说什么好,但不想说替他们买单的理由了,他们显得都比我有钱。我说:"我羡慕你们。"

他们满意地互相看看。贝玛说:"我们像春天的小鸟一样,心里一点忧愁都没有。"

木匠巴拉珠尔说,"我们像河里的鸭子一样快乐,叽叽嘎嘎、叽叽嘎嘎。但我们不敢把自己绑在树上从山崖冲下来。"

"噢——"他们一齐摇头,"不敢,不敢,你是英雄。"他们向我举起酒杯,贝玛和央吉各举起一只烤得焦煳的红薯。

唉，我把钱装进钱包，一万五千卢布在默日根的柜台待了一会儿又和另外五千卢布兄弟团圆了。我不是有钱人，今天却因为撒钱吃瘪了。

"能给我一点钱吗？"稚嫩的童声是麦都麦发出的。他坐在角落的盆里，人被巴拉珠尔的魁梧背影挡住了。

"闭嘴！"默日根举起手掌，"小孩子不许谈论钱。麦都麦，以后再看到你把碗里的石子乱放，我就用皮靴踢你。"

"你要钱做什么？"我问。

"别理他。"都仁劝我。

"你回答我。"我蹲在麦都麦面前，他扭捏着不肯说话。

"我愿意听你告诉我。"我说。

"说吧，麦都麦。"央吉说。

麦都麦呼地站起来，像大人一样严肃，说："我给塔装上眼睛。"

"给塔装上眼睛？"我问默日根，"他在说什么？"

"瞎说呢。"

"没瞎说。"麦都麦倔强地伸直脖子。

"给哪个塔？装上什么眼睛？"我问。

他趴在我耳边说："白塔。"

"眼睛是什么？"我也趴在他耳边小声问。

他又趴在我耳边说："铃铛，装上七个铜铃铛，塔就有了眼睛。"

"上哪儿弄铜铃铛？"

麦都麦用鼻子指指默日根，"在他柜台下面黄箱子里锁着呢。"

我明白了。大伙这时候正在讨论叶尼塞河的鲟鱼几月份产籽，没听到我们俩耳语。我趴在麦都麦耳边说，"你明天早上来吧，到这里。"

夜里，我住在酒馆里，默日根到外边找宿去了。第二天早上，他给我带来了煮好的鸡肉饭和酸奶子。吃完饭，我对默日根说："你卖给我七个铜铃铛。"

"干什么？"

麦都麦不知何时溜了进来，抱着椅子背笑。

"他要吗？"默日根指麦都麦。

我说我要。

我拿上铜铃铛，跟麦都麦往寺庙方向走。

在蓝得刺眼的天空下，老远就看到了这座深红色的庙。庙的窗户刷绿油漆，飞檐斗拱。屋檐和四处的松树之间拉着绳子，挂满经幡。庙的左面有一座白塔，麦都麦领我走到白塔前，他说："把铃铛挂在上边吧。"

白塔的肩膀周围有一圈铁环，间或挂着几个生锈的铁铃铛。我把铜铃挂上去。我挂了三个，其余四个是我抱着麦都麦，让他挂上的。

"风、风、风——"麦都麦说。也许是凑巧，风从红柳那边吹过来，挂了一圈儿的铜铃铛响起来，像各说各话，清脆悠扬。几只野鸽子飞来落塔上，一只黑脑袋的鸽子探头啄了啄铜铃铛，像问候一样。

我问麦都麦，你能送我到吉尔格朗河边吗？他说那地方不远。一路上，我们俩聊天。麦都麦说他住在庙里，庙里只有一个老喇嘛，眼睛瞎了，附近几家人轮流做饭给他们送去。

"你为什么说铜铃铛是塔的眼睛呢？"我问。

"人的眼睛看到的东西都是假象，用耳朵听的才是真的。"

"这是谁说的？"我问。

"嘛嘛（喇嘛的尊称）。"

我们俩走到山坡上，看到吉尔格朗河白花花地浮起雾气。一路上，麦都麦紧紧握着我的手。

我问他："酒馆为什么起名叫鹿屁股？"

他回头，指着那边说："酒馆白得像鹿屁股一样，紫门帘不是鹿尾巴吗？哈哈，默日根被夹在屁眼里，屙不出来了。"

我回头看，白色酒馆在松树边上，默日根靠着门框，一手挡门帘，一手遮阳棚朝我们这边看。

谁是天堂里的人

"白嘎力"是蒙古语,"自然"之意,转音成为"贝加尔"。如果你问这里的俄国人,贝加尔湖是什么意思?他耸肩,说不知道,这是蒙古语。我们包台面包车沿偌大的湖畔巡游,寻找拍摄与蒙古血缘有关的原住民。车从下安加尔斯克向南行驶,到达名叫"海日斯"(也是蒙古语)的小城,刘翻译得了喉炎,说不出话,准备在当地再找一个译员。

路上,旅伴中多了两个女人,她们是中国商人,搭车去乌兰乌德。两人四十五六岁,东北人,一个姓佟,一个姓关。她们上车把袋子里的香肠、啤酒翻出来,一人塞一份,豪爽。

翻译找到了,是俄罗斯小伙儿。他远远走来,双腿矫健,胸膛平展。一顶鸭舌帽压在泡沫式的卷发上,卷发下有一双热辣的眼睛。

"我叫亮亮,"他用汉语说,把拇指和食指分开,压在左胸,"我爱中国。"

大家拍巴掌。

亮亮——他叫列昂诺夫,"列"和"昂"汉语发音拼成亮——笑的时候,铲形门齿的缝上紧下松,像个"人"字。他21岁,自称游遍中国,掰指头计算"上海、昆明、杭州、长春,还不算沈阳"。

为什么"还不算沈阳呢"?逗。

亮亮在我们的采访中做得很差,他只懂中文的万分之一,限于吃喝拉撒,将就吧。他爱中国爱得痴迷,说"天堂就在中国"。问他喜欢中国什么,楼盘、饮食、风景?亮亮含笑不语,用牙齿咬指甲。

佟说:"喜欢中国姑娘吧?"

他竟跳起来,双掌相击,说:"姑——娘昂,这个词就好听。"少顷,发觉自己失态,坐下,手放膝上。

亮亮面对我们时满面羡慕,这样的表情在俄国很少见到。他说:"中文太了不起了,把一样的音节放在一起当名字,兰兰、娟娟、丽丽,太神奇了。"他闭上眼睛。

"都是你情人吧?"关说。

"没有。"亮亮脸红了,"中国姑娘看不起我,我穷。中国人有钱。"

"哪儿啊?你要在中国,大姑娘都得把你围着吃喽,你体形多酷。"说着,佟和关相视大笑。

"尤拉,"亮亮给我起的俄文名叫尤拉,"'吃了'是什么意思?"

他看不出这两个女人在放骚。"吃"代表对男色的贪婪，与食物无关。我说："爱你。"

爱，在外国人理解中含有信任、友善、倾慕等含义。亮亮"呼"地张臂拥抱关商人。关虽胖，却敏捷，她"嗖"地跳起搂住亮亮脖子，脚离地，胸脯紧贴，时长一分钟。亮亮弯腰把关放下，关红光满面。

刘翻译这时能说点话，她私下告诉我，亮亮是孤儿，住姨妈家，姨妈瘫痪。我想起早上他到饭店用浴室的热水冲一杯速溶咖啡当早餐。我们请他吃面包，他指自己肚子说"吃不下了"。工作餐，他很慢地吃自己那份儿，不多要。

车上，亮亮看窗外边的景物的时候，面容严肃，不是21岁的神情。俄罗斯老人常有这种表情，像一块被海风劲吹的岩石，嘴抿紧，眼睛眯着。

那天晚上，剧组有几个人喝多了，后半夜去舞厅。西伯利亚少有这么晚打烊的舞厅。他们回来说，看见亮亮跟几个女人跳舞，女人看上去很富也很老。

刘翻译说："不是什么好事儿，挣钱呗。"

佟和关听了很活泼，"亮亮厉害呀！这体格不挣点钱都白瞎了。咱们也请他跳。"

我问亮亮陪舞的事儿，他低头，用鞋踢石子。"尤拉，我知道你会瞧不起我，我只是挣一点小费，给姨妈买药。"过了一会儿，他又说，"尤拉，你这种脸型在我的家乡会受到尊敬，叫'正直的脸'，不撒谎，棱角分明。"

第二天早上，我们准备去一个渔村。车上，佟和关叽叽喳喳兴奋。虽然佟的肉长满了身体的凹处，像塔糖，眼睛不闲着，像撒传单一样四处丢眼风。关的脸宽而平，像被狗熊一屁股坐扁又腾起来的，上涂脂粉。她们纷说，我听明白一点，亮亮昨晚跟她们在一起跳舞喝酒。说着，大小眼瞟亮亮。

亮亮眼神空洞地看窗外，像不认识她们。摄像师说："亮亮，你今天这件T恤真漂亮。"

亮亮咧嘴乐，"杭州买的，正宗中国名牌。"

摄像懂这个，"不对，假货。"

亮亮拽衣服从头上脱下来，气恼地说："怎么是假货？你看吧！"

摄像从衣服内领找出"越南制造"的英文签给他看。

亮亮真是悲愤，这么热爱中国的人竟穿上了越南货，花费200元人民币。他卷起T恤从车窗扔出，飘落在田野，身上只剩下黑跨栏背心。

佟和关坐在车后，说亮亮身态凸凹有致，能看出肌肉群的层次。佟说："跟古希腊大卫差不多。"

关说："多一身衣裳。"

佟说："昨晚是真大卫。"

关说："穿上衣服认不出来了。"

亮亮听得懂，假装听不懂。外国人假装的方法是沉默。

我们在渔村录完节目,有人推销鱼骨头做的镶嵌画。佟突然喊:"我钱没了!"

别人说你好好找,没外人,丢不了。

佟低头翻兜,把兜里的东西一股脑倒出来,摊开卢布。"一千卢布,没了,我就这么一张。"她想了想,手指亮亮:"你偷的!"

亮亮无辜地摊开手。

"就你!"佟的脸变紫,"你昨晚偷的。你一个卖身的臭鸭子,得了钱还带偷。交不交?不交我叫警察。"

亮亮背过身,站得离我们很远。

叫警察,我们所有的人都会遇到麻烦。

我示意大家安静,走过去跟他说:"亮亮,诚实地看着我。清白是一辈子的事儿,你偷了没有?"

"尤拉,"他眼神困惑,"我没有。"

我示意他别说话,掏出我自己的一千卢布,转身交佟。"他还你了,你消消火。"

佟拿卢布对太阳照照,"想耍老娘,没那么容易。"

这一天大家都不太愉快。傍晚,我们去乌兰乌德,亮亮来道别。他竟然若无其事,露着"人"字型门齿,和每一个人拥抱,包括关、佟,她俩嘻嘻哈哈跟亮亮说笑。

到我这儿,亮亮问:"尤拉,你为什么不高兴?"

我为什么会高兴呢?巴不得离开这儿。

亮亮说:"我知道你正直,你有权利不断发脾气,但我像你一样诚实。"他把一个银制圣母像塞我手上。"这是我最值钱的东西,值六百卢布,送给你。"

车走远了,佟转过头对我说:"大哥,不好意思,那一千卢布我找到了,塞裤衩兜给忘了。这一千卢布还你,他们说是你垫的。"

我接过钱:"你冤枉亮亮了。"

"也不叫冤枉,弄错了。谁没出错的时候?"

"刚才你没向他道歉。"

"一个妓男,我向他道歉?你还挺较真儿的。"

我心头火腾地上来,让司机停车,说:"你们俩下去!"

"这哪儿啊?让我们下去?中国人对中国人哪能这样?"

我把她们的东西扔了下去。车下,她们隔着玻璃窗掐腰骂我。

这是列昂诺夫——亮亮的故事。我想起他说的话:"天堂就在中国。"

天堂是个好地方,可是谁是天堂里的人呢?

呼麦驱散黑暗

这只公鸡看我时眼里带着歧视。它只用一侧的眼睛就把我看透了——下蛋不行,飞不行,打鸣也不行。公鸡眼睛和所有鸟类的眼睛一样充满了幻想,仿佛一直在想念一个地方:那里铺满沙子,沙子底下藏着米,周围是贤惠的、埋头啄食的母鸡。咕——这个公鸡扑棱翅膀鸣叫,想吓跑我。我对它笑笑,它点点头,下颏的红肉坠微颤。唔?我发现这只鸡角质的喙上有名堂,像葵花籽一样伸出的喙的两侧有 S 形的花纹,像小提琴共鸣箱的透音孔一样。细看,这些花纹是刀子刻的,纹里有黄油漆。公鸡脖颈的短羽毛像一个灿烂的围脖,它脚上是浅黄带鳞的细皮靴。走路时,爪子轻拿轻放,肉嘟嘟的红鸡冠子由于过于肥硕而歪在一旁。

鸡喙上的黄 S 必定是姚千户用刨刃刻上去的。姚千户是木匠,我想象他双腿夹着公鸡在它喙上刻花纹的情景。他的东西都有印记,他养的马、牛的屁股上烙一个"千"

字。他养了一只双爪不停抖动、剥不了花生的猴,后背也有"千"。猴是姚千户从森林里捡回来的,长期吃他用酒泡的花生得了酒精依赖症。

姚千户和他儿子姚四是图瓦屈指可数的中国人。姚四在这里开饭馆。图瓦流行一个笑话,说找不到一个不开饭馆的中国人,就像找不到一只下蛋的公鸡。在图瓦的首都克孜勒,我在唯一的中国餐馆"绿屁股柿子"吃炸酱面,见到了姚四。姚四人瘦脸窄,像五官身体都刻在一根木头上的图腾柱,那天他攥着我手说:"我有救了,炸酱面免单。"

姚四说,他爸准备过生日,让他邀请中国人出席。姚四挺发愁,上哪儿找中国人去?图瓦国统共有六个中国人,他们爷俩占俩,去年死了一个,只剩三个中国人,是"绿屁股柿子"餐馆的厨师和帮工,跟姚四来到此地的吉林省梨树县农民。

"愁啊,"姚四说,"在中国,到处是中国人,走大街找个背人的地方撒尿都找不到。在这儿,中国人比猞猁都少。我爹说凑不到6个中国人他就不过生日了。我核计,不行就上莫斯科洼请中国人上这儿当宾客。算一下,一个人往返费用合五千多,两人一万块,还不如给我爹娶个媳妇呢。"

姚四按俄语的发音习惯把莫斯科叫莫斯科洼。他说他爸太想念中国人了,见着中国人一劲儿乐。

"我一定参加。"我说。姚四的邀请让人感到当中国人挺好，这种感觉在国外很少有。

姚四住在克孜勒西北角的巴音岱山的脚下，挨着清澈的安吉拉河。他的房子完全是中国样式，自己动手盖的。墙上挂着干透的黄玉米和红辣椒，门上对联残留"财源"二字。他家只有父子俩，雇的伙计在饭店住。

我来到姚四家是下午三点，来早了，人还没齐。姚四院子里种植图瓦根本见不到的黄瓜和茄子，用秫秸架着秧。一只公鸡从豆角叶子下面钻出来迎接我，尾巴羽毛上沾着花粉。姚四对我说他家的公鸡会表演节目，"到时候你就知道了。"

"来啦！"我抬头，一个老汉从院子外面走进来，手里掐一把野葱。姚四他爸，在中国人如此稀缺的图瓦，他要不是姚四他爸就没人是他爸了。

"姚千户。"他伸手自我介绍。我觉得姚四可能是他抱养的，他面宽体胖、矮个子，与姚四正好相反。

"看，"他爸指四周，"像中国不？指甲桃、胭粉豆、驴圈里的大绿豆蝇都像吉林的品种。我在这儿养了驴马牛羊，不为使唤，就为看着像中国，像我们老家一样。驴扯着嗓子一叫，你就觉着挨着供销社那片地里的西瓜快熟了。鸡打鸣后，村里的大喇叭该放二人转了。我腌酸菜、腌蒜茄子、半夜起来给马添草添料，我就为了把这个院子变成中国。不行啦，我快死了……"

我正准备感动，听说他要死了，吓一跳："您不是很好吗?"

"这儿——"他手指着咽喉向下划,"长了个瘤子。上莫斯科洼照CT了,大夫说还能活一年。"他竖一根手指。

"不一定是一年。"我安慰他。

"对,也许是半年。我都准备好了,过完这个生日,我啥事都没有了,轻轻松松等着咽气。可惜死不到中国。"

"你咋不回国?"

姚千户眨眨眼:"说来话长喽。"

院外传来嘻嘻哈哈的笑声,中国人的声音。姚四领着三个厨师进院,中国人全到了,达到了姚千户对生日宴会规定的"法定人数",六六大顺。他们四人每人捧一箱伏特加,要命了。

厨师进屋炒菜。姚四家的铁锅是从中国运来的,超大,八印锅。厨师站在锅台上用铁锹炒菜,这是为图瓦人举办几百人的露天酒席准备的锅,不站锅台上铁锹够不着菜。今天人少,厨师拿铁锹扒拉扒拉就够了。

菜端上来,炖野鸡、炖野猪腿,还有野猪血灌的肠。姚四用牙咬开伏特加酒瓶的铁盖,一人发一瓶,说:"对嘴吹,喝完半瓶再说话。"这些人像喝汽水一样都喝下去半瓶,脸红得似猴腚。姚四说:"我爹今天过生日,祝我爹福如安吉拉河水,寿比巴彦岱山。我爹万岁!"

这些人肃穆地用酒瓶在桌子上磕三下,咣!咣!咣!一起说,"老姚万岁!"仰脖把剩下半瓶酒喝光。

喝完，他们一起埋头吃菜。我觉得这里面含着纪律，有点像黑社会的人。每人前面鼓起一小堆骨头后，姚千户说："谢谢你们啊，看着中国人喝酒最舒服。走，我领你们参观一个宝物。"

姚千户领我们到房后，说："我这个东西价值连城。我不愿回国就因为舍不得它，我要和它朝夕相伴。想到它，我啥愁事都没有了。"姚千户眉飞色舞，唾沫星子落在手背上也不擦。穿过地里的向日葵和几垄烟草，姚千户说"看——"，烟叶边上放一个棺材。姚四拍着棺木说，"这都是上千年的柏木，你闻闻，有香味。"

三个厨师探鼻子闻闻，点头。

"我爹最自豪有这一副寿材。"姚四说，"这在中国是不可能的。"

"这棺材是我亲手做的。"姚千户说，"选材、剖板子、晾干、刨木头、凿榫，整整用了三年。我一想我死后住在这么好的柏木房子里，埋在安吉拉河边就美……"

他从裤兜掏出一只红绸子，红绸上系着绿绸子，唱着扭起来："正月里来正月正，大姑娘小媳妇挂红灯……"

姚千户围着棺材跳二人转，进两步退一步，表情带调情和飞眼动作，好像棺材是他的情人。厨师们鼓掌，在姚千户身后跟着扭。

"……大姑娘的辫子过了腰，小媳妇手上沾年糕。大姑娘屁股没小媳妇大，撒尿冲倒了黄瓜架……"

这五个人围着棺材跳二人转,像一群黄鼠狼。伏特加让他们的中国灵魂从脑袋里面飘出来,在烟草和向日葵叶子之间呼呼飞舞。他们的脸上无所谓悲喜,只有怪模怪样的笑。公鸡跳上棺材,打开翅膀啼鸣,好像它是个导演。

"歇歇、歇歇。"姚千户擦汗,说,"一扭达,酒还醒了。我再让你们参观一下棺材里面,很豪华的。最下面是白牦牛毛毡子,上面一层红缎子褥子,再上边是绿缎子褥子——它上边是黄缎子褥子,最上边是在莫斯科洼买的塔吉克毛毯。我试躺多少回了,不可能硌人,比光绪棺材里垫的东西都好。"

姚千户撩起衣襟在棺材上蹭,棺材亮得照出人影,不知刷了多少遍清漆。棺材盖垫两个小枕头,透风。

穿黑T恤衫的厨师上前掀棺材盖,掀一半,赶紧盖上,捂着肚子在地上转圈,脸色发黑,大口喘气。

边上厨师说:"啊,李广大气卵子犯了?吓着了。"

这个叫李广的人拼命攥自己的睾丸,防止气体下降造成无节制的膨胀。

"啊!"姚千户问李广,"你看着啥了?"

李广痛苦地摇头,意谓不堪回首。

姚四示意另一个厨师上前看看,这人掀开一点看,掉头就跑,穿过院子,跑到返回首都克孜勒的大路上。

姚四回屋拎一把二尺长的砍刀,在水缸沿上磨了磨。牛仔裤后兜别一把手枪,走到棺材前,发话:"谁呀?"

无回音，如果不是人，问"谁呀"没用。"咳、咳！"他又改为大声咳嗽。

棺材里面还没声。这些人都看姚四下一步怎么处置。

姚四用牙咬着刀，双手抬起棺材盖，往里看，眼睛似乎不眨了。他举棺材盖举了好一会儿，从我这个角度看，棺材里面并没有跳出、弹出、溅出、刺出任何人或物，姚四举着棺材盖还往里看，仿佛魂掉进去了。姚千户抱起大公鸡塞棺材里。公鸡在里面扑腾喊叫，披头散发飞出来，像那个厨师一样往山下飞奔。

姚四举了半天棺材盖却毫发无损，我觉得棺材里未必有什么妖怪，我壮着胆往前走，姚四喊："图图！"

"图图？"姚千户惊讶反问，"他上我棺材里干啥去啦？他死里边啦？我的妈呀……"

姚千户跑过去看，我也跟过去。只见一黑面胖人躺在姚千户的棺材里，什么黄缎子褥子、红缎子褥子全都被他沉重的躯体挡住了。他脸有不同寻常的黑，像毒死的，也像死亡时间过长形成的尸斑。我没学过法医学，说不好这个事。百忙中我仍然嗅了嗅空气里的味道，腐尸味还没发出来，倒有檀香味。

姚四合上棺材盖，看他爹。

"图图上我棺材里干啥去啦？"他爹问。

"我哪知道，你问他呀？"姚四急指棺材。

姚四坐地上，拿砍刀剁土。

"报官不？"姚千户问。

姚四摇摇头，"报了官，咱们咋解释，你能说明白图图咋死的吗？"

"那咋整？"

"埋了吧。"姚四说。

姚千户拍腿，在地上蹦了一个高，没想到70多岁的人还能蹦这么高。"不行，拿我棺材埋他？我咋办？"

姚四不满地说："你的棺材另打呗，我给你打。"

"不行！"姚千户指棺材说，"这是我的阴曹宝殿，我太稀罕了，巴不得早死一天住进去，怎么能让这个兔崽子住里面呢？"

姚四问："你说咋整？再给图图打一副棺材？"

"什么打一副棺材，他是你爹呀？半夜背山上扔了完事。"

"爹，"姚四说，"咱们欠图图不少钱呢，咱们饭店的面粉和肉都是在他家赊的，人家对咱们挺好。"

姚千户问："咱欠他的钱都顶这副棺材吗？"

"顶了。"姚四说，"再说，他住过的棺材你再住也不合适，串味了。"

他爹不吭声。

"怎么整啊？"姚四环顾左右，对第三个厨师说，"你把那俩小子找回来，咱们给图图出殡。"

厨师说："咋出殡啊，告诉他家里人啊？"

"他哪有家里人，图图是光棍，就一个人。"

那两个厨师回来了，李广还弯着腰，下边的气估计还没撒尽呢。大伙用粗麻绳捆上棺材，四人用两根大木杠抬起，往山上走。公鸡跟在我们后面。

走不远，姚四说："这地方挺好，前面是安吉拉河，身后有松树。挖坑吧。"

铁锹刚插进土里——这土都是松树的腐殖土，没乱石——就听着棺材里发出古怪声音。姚四说："谁也别吱声，听——"

棺材里发出唧唧哝哝的声，过一会儿好像变成了歌声，再听，又好像呼麦。

"完了，诈尸了！"姚四说，"全体下跪！咱们没给他举行葬礼，直接送到阴间，他不干了。"

姚四、姚千户和厨师们跪下给棺材磕头。姚四说："大哥啊，图图大哥，我知道我欠你钱还没还呢，我这不把我爹棺材都送给你了吗？回头我再多烧点纸钱，好酒好烟祭奠你，送你两碗炸酱面，狍子肉卤的，行不？你安息得了。"

棺材里没声了。姚四说："管事了，快挖！"

人着急力量大，这帮人嗖嗖挖出一人多深的坑。他们四人手拎棺材的绳往坑边拖。

姚千户喊："别拖，抬起来，别把我棺材蹭掉漆。"

"咚！咚！咚！"这是棺材里传出的声音。

姚四说:"快往坑里拖。"

他们七手八脚把棺材顺进坑里。

"咚!咚!啊——"里面图图发出声音。

"没摔盆,没奏哀乐,没披麻戴孝,人家不干了。"姚四说,"快填土。"

姚四铲第一锹土哗地撒在棺材盖上。

姚千户说:"我算看见我死后别人是怎么给我下葬的了。"

哗、哗,土撒在棺材上。

这时,棺材盖像有电动开关一样慢慢升起来,上面新鲜的黄土刷刷滑向后面。

"妈呀!"三个厨师趴在地下。我不知何时躲到了一棵松树后面,我发现姚四躲在另一棵松树后。我们等待尸体爬出土坑或重新躺进去。

那个坑里慢慢冒出一个脸,乌黑的脸,他的双手——十根雪白的手指扒在坑沿上。他的一只脚显然踩到了棺材上,脚一蹬,他蹿到了地面或者叫人间。

我不相信诈尸一类的事,图图的眼睛里还流露着人的情感,诸如困惑。这就是图图,身材高大,穿乌克兰式斜开襟的白布衬衫,领口和袖口绣花。他哭过,眼睑下有两道白印,像两根棍子支着眼睛。他脸上的黑是涂了油彩。

图图茫然看四周,目光最后落在躺在地上的三个厨师身上,李广拼命按他的睾丸,又有澎湃的气体冲入他的阴囊。

图图坐在土堆上，这是为埋葬他掘出来的土。他端详棺材、土坑和远处的安吉拉河。图瓦人死后不葬，放入河里就不管了。图图可能第一次见到棺材，他趴在坑边，仔细观察姚千户在棺材盖四周描画的凤凰、麒麟和龙虎图案，啧啧赞叹。

姚四从树后走出来，竟然像水蛇一样扭着腰，这是为了谄媚图图。

"图图。"姚四亲热地说。

图图转过身，见姚四窄脸上布满笑容。他指了指棺材和自己，说不出话来。

"图图。"姚四本来会一点蒙古语，一紧张竟说不出来了，他让我翻译。姚四清清嗓子，说："图图，是这样，我们……怎么说呢，这个事其实是这样。到底怎么说才好呢？我们累够呛啊，你多沉。我们也吓够呛，你随便翻译吧。"

我用蒙古语对图图说："姚四说，我们来到山上把这个珠宝柜子埋到地下，没想到你躺在里面。"

我把这番话告诉姚四，他眉开眼笑，说："哥们儿，你说得太好了，接着说。"

图图蹒跚站起来，"对不起，我不知道这是你们的珠宝柜子。"他用双手摸自己的脸，表示羞愧，手心沾满黑颜色。"我没拿你们的珠宝，你们检查吧。"他摊开双手。偷窃对图瓦人来说是最可耻的事。

我翻译，姚四听了更高兴了，问："你是怎么进去的？"

图图向天空翻白眼，说："这还是去年，不，上个月，也许是昨晚的事。我喝醉了，去找德力格尔玛，被她男人堵到屋里。我逃出来，跑到你们的珠宝柜子里睡着了。"

"你脸为什么是黑的？"我问。

"德力格尔玛用锅底灰掺上檀香粉给我涂上的，说即使被她男人发现，也不知道我是谁。"

"这是什么时间的事？"姚千户不知何时走过来。

"去年吧，我记得还下雪呢？"图图回答。

厨师们从地上爬起来，如释重负。图图拖过铁锹，往棺材上扔土，"我帮你们埋珠宝柜子。"

"别、别！"姚四说，"不埋了。"

"你们下去检查一下吧，看珠宝少没少？"

姚四说："里面没珍宝，你就是我们的珍宝，你赊给我那么多的面粉和肉。"

图图笑了，他头一次笑，牙齿洁白，"但是你救了我，如果你们没有听到我呼喊，继续填土，我就死到珠宝柜子里了。姚四，你欠我的面粉和肉我不要了，而且还欠你的情。"

"别！别！"姚四眉开眼笑，他的笑容说，"好！好！"

李广说："我听你在里面唱歌呢。"

"呼麦。"图图说，"我眼前的黑暗越聚越多，我用呼麦驱散它们。"

图图坐在土堆上唱起了呼麦，我看到这位脸上带白泪痕的黑人唱呼麦，感觉很好笑。他用浑厚的喉音唱出两个旋律，好像是个想家的歌。图图眼睛看着前方，安吉拉河水正缓慢流过，岸边蓝色的和白色的小花在风里抖动，花上不时飞起一只白蝴蝶，让人误以为是花瓣被风吹走了。

"你这个歌太悲，听我的。"姚千户把袖子撸到胳膊肘上，"公鸡，过来！"

大公鸡从树林里跑出来，呆呆地看大伙。姚千户用中指和食指放在嘴里，吹出唢呐的曲牌《放驴》。公鸡随着节奏伸脖子，一伸一缩，像安了弹簧。姚千户又吹一支曲子——《我是公社饲养员》，公鸡扇起双翅，好像翅膀是个挑水的扁担。

大伙哈哈大笑，恐惧消散了。

"走啊，喝酒去！"姚四开始用蒙古语说话，他搂着图图的肩膀，图图搂着他的肩膀，像熊搂着猴往前走。

姚千户抱着公鸡走在我身旁，我问："棺材咋办？不要了？"

他说："棺材就放坑里吧，等我死了揭开盖往里一扔就完事了，省得重新挖坑了。你说对不？"

他用肩膀顶我胳膊，希望我同意，"对不？对不？"

我侧身看姚千户，他张着嘴笑，皱纹都笑开了，舌苔像盐碱地的白霜。他对死亡的态度竟然这么轻佻，这么不悲伤，因而不忠厚，就像他在公鸡喙上刻花一样不忠厚。姚千户还用肩膀顶我，我没打算笑，只好咧一下嘴，走形式。

图瓦大地

木筏上的诺明花

"丹巴是个羊倌……"洪巴图一边说,一边用锥子在他的宽皮带上钻眼。皮子厚,他咬紧牙,像钻一块石头。

"这句话你已经说了三遍。"我告诉他。

"是的,钻不过去,我不知怎么往下说。"

他皮带扣掉了,皮带铜圈周围的皮子烂了。他剪掉烂皮子,在结实皮子上重新钻眼,安装铆钉。

"羊倌、羊倌……"他用力,脖子两侧的静脉血管比小拇指还粗。

我和洪巴图坐在一块岩石上。在山下往上看,这块黄石头像山峰探出的扁嘴的鸭子头,我们正坐在扁嘴上。现在是九月,群山还在绿。青草把山的轮廓装扮得毛茸茸的,山顶上耸立横七竖八的怪石,像一个人扯开绿色的毯子探头张望。安吉拉河从鸭子岩的右侧流过,它穿越两座山的缝隙,水势汹涌,流到前面的草地才开始平缓。

"啐!"洪巴图终于把皮子钻透了,装进去铆钉,"丹巴是个羊倌,我已经说过了。可是你知道吗?他还是个光棍,这太奇怪了。"

他还在故弄玄虚,我手臂抱头躺在石头上闭目养神。洪巴图赶紧说下去。

"他有过老婆,叫诺明花,可是没了。丹巴找啊找啊,找了十年。十年你知道吗?小胡桃花开了十遍,蔓越橘果结了十次,每一次都把那一片的凹地变成紫色,像洒了果酱……"

我转过身,不听他这些废话。

"丹巴虽然是羊倌,但他长得比雪豹还漂亮。你有烟吗?"

我料到他会来这套,递给他一支中国香烟。

洪巴图点上烟,闭上眼睛吸一口。"丹巴大个子,宽肩膀,腰像狗腰那么细,后背的肌肉像石块一样。诺明花是蒙古国戈壁省的人,到乌兰乌德找一个医生看病。她比白桦树漂亮,脸比月亮还白。她笑起来,你以为是牡丹花在笑呢。她的腰像一捆芹菜那么细,眼珠比黑枣还要黑……"

"黑枣算不上黑。后来呢?"我打断他。

"诺明花的病是一条腿瘸了,走路向外边倾斜一下,正过来,再倾斜一下……"

"治好了吗?"我问。

"怎么会治好呢?她小时候,脚被烈马踩断了两根脚趾骨。可是,你还有烟吗?"

"这根烟要讲到丹巴找到他老婆。"我举着香烟,警告洪巴图。

"没找到。"

"烟别抽了。"

"真没有找到。"洪巴图把皮带系在腰上,摊开手,灰眼睛里充满疑问,"她在哪儿?你告诉我。"

"你不要讲了。"

"我再抽你一支烟,把整个故事讲完,好不好?"他接过我的香烟,"可是……"

"刚才你已经说了'可是'。"

"对。"洪巴图加快故事速度,"她的家乡有一个应该被火车轧死的人对她说,诺明花,你如果治不好瘸腿,是上不了天堂的,佛祖不想看到像你这样走路一晃一晃的人。诺明花非常伤心,她和我们一样,是虔诚的佛教徒。诺明花坐在门槛上哭,她的泪水冲走了垛在门前的十堆燕麦。"

"后来呢?"

"然而,"洪巴图低头想,"我讲到了哪儿?"

"燕麦。"

"我为什么要说燕麦?"

"接着讲诺明花。"

"是的,她到了布里亚特的乌兰乌德,找一位最有名的'波'(萨满巫师)给她看病。'波'说她的脚趾缝里住着一个没腿的鬼,诺明花的脚就成了鬼的公共汽车了。鬼很重的,压得诺明花抬不起脚来,唉!可是这个鬼最怕岩山羊的奶水,诺明花把奶抹在脚趾缝里,鬼'嗖'家伙就跑了,尽管是一条腿。"

"嗯。"

"后来,"洪巴图把皮带松几个扣,"诺明花来到了图瓦,来到我们这里。我们这儿有岩山羊,公的母的都有。诺明花在路上走呢,丹巴赶一群羊走过。有一只羊不走了,跟在诺明花身后,抬头看她,张着嘴。丹巴跑回来赶那只羊,它不走。丹巴抱起那只羊,羊咩咩叫唤,哗啦哗啦落下羊粪蛋子。诺明花骂他,你还不快去死,为什么要抱走它?这只羊我买了。"

"丹巴傻了,他松开手,羊像面袋子一样从他怀里掉下来。他直直地看诺明花,眼睛已经不会眨了,这是他自己说的。丹巴过了七天之后才恢复眨眼。诺明花说,你快走,浑身骚味的羊倌。"

"丹巴退着走,跟傻子一模一样。诺明花说,傻子,你的马。丹巴走过来,牵过马缰绳,怎么也上不去马,好容易跨上马却从另一侧掉下去。诺明花哈哈大笑,说算了,你跟我一起走吧。"

"丹巴跟她一起走。那时候草原正是开花的季节,好看呢,比伊尔库斯克大教堂穹顶玻璃画还好看。丹巴走路时眼睛盯着诺明花看,好像他脖子坏了,转不回去了。诺明花转到他身体那边,丹巴转到她另一侧用他的歪脖子对着她。他脖子原来不歪,从看到诺明花的一秒钟之后歪了。这是丹巴亲口告诉我的。可是……"

我递给他一罐啤酒。

"谢谢!诺明花问丹巴,你结婚了吗?他回答不,其实应该说没有。诺明花问:你还要你的羊群吗?他说不。诺明花生气了,问:你是人吗?他说不。诺明花哈哈笑,说你应该说是。丹巴说是。诺明花又问:你是牛粪吗?他说是。诺明花很高兴。女人其实愿意有一个人因为她傻掉了。"

"他们俩成了好朋友。"洪巴图擦掉嘴角的啤酒沫子,"丹巴听说了诺明花的来意,答应帮她弄到岩山羊的奶。诺明花说治好了腿之后嫁给丹巴。丹巴说你的腿其实没什么不好,这样走路是老天爷的意思。而且,丹巴说一个人走到天堂里了,佛祖检查的是他的心而不是腿,没有双腿和双手的人也照样坐在佛祖身边喝茶。诺明花不相信,说脚趾缝里有鬼坐着呢,要用岩山羊的奶赶走它。"

"丹巴上山找岩山羊的奶,但是办不到,因为那是六月,岩山羊没下羔,哪有奶水呢?你们中国人可能没见过岩山羊,它在悬崖峭壁上走,抓住它比抓住燕子还难。丹巴找了好几个月也没捉到岩山羊,更没看到它的奶。如果是我,找一点牦牛的奶冒充岩山羊的奶就可以了,但丹巴不这样做,他是诚实的人。"

"后来——啤酒喝完了,给我一支烟。"

我把烟递给洪巴图。

"后来诺明花也上山去找岩山羊。你说她的腿能找到吗?我认为她可能是妖精,不然不会长那么漂亮。她跟丹巴住到了一起,帐篷着了三次火,一只青蛙钻到了茶壶里。十年前,诺明花在一个起雾的早晨进了山里,邻居看到她穿一件鸭蛋青色的风衣往山里走,风衣被吹到她头顶。她手里拿着转经筒和干粮袋子。从那天起,谁也没见到她。你懂吗?诺明花像草地上的蘑菇一样消失了。有人说她回了蒙古国,有人说在乌兰乌德见过她。只有丹巴说她还在山里,一定是迷路了。"

洪巴图咳嗽,咳出了眼泪。他说:"我刚才说错了,青蛙钻的不是茶壶,是夜壶。你看,咳嗽好了,人不能说谎。从那一天开始,丹巴不再找岩山羊而找诺明花。塔奔渥拉山多大啊,他每天上山找,整整找了十年。当然冬天他没找,从十月到第二年的五月,大雪封山,人进不去——不说这个我又会咳嗽的。春天、夏天和冬天,丹巴像用木梳给小狗梳毛一样走遍了塔奔渥拉山。他对我说,诺明花可能失足坠入了山谷,所以丹巴主要到山谷寻找,看她是不是挂在山崖的树上,他要找回她的尸体,好好安葬。当然也有可能找到活人,那就一起过日子嘛。不过,十年之后,人会变成什么样子,不好说。"

"下面,我告诉你最主要的事情。你听了就知道你的三支烟和一罐啤酒没白白送给我。昨天,丹巴找到了诺明花,当然这是在十年之后,在昨天。你猜在哪里?她在沟里长着山杏树那座山的一个山洞里。她为什么进山洞呢?即使我当面向她提出这个疑问,她也不会答复我。因为诺明花已经变成了一堆白骨,转经筒还是老样子,所以丹巴知道这是诺明花的骨头而不是一只鹿的骨头。她躺在石头上散了架子,而且不瘸了。咳、咳……"

洪巴图又咳起来,他一只手捂着嘴,另一只手在头上捶打,透出一口气,说:"我不该说她不瘸了,我已经惩罚了自己。这是昨天的事情。山洞离这里不远,你看到没有?就是那一片杏树。"

前面山谷里有一片低矮的灌木,夹杂着灰蓝色的马莲。

"后来呢?"我问洪巴图。

"什么后来?"洪巴图反问我,"我们谁也不知道后来的事。你连问两次后来呢,显得愚蠢。"

丹巴终于找到了诺明花的尸骨,在山洞。"她去山洞干什么?"

"你应该去问诺明花。"洪巴图挤挤眼睛,"你趴在诺明花的胫骨前问她,美人儿你到山洞干什么来了?这里有婚纱吗?哈哈哈。"

"我们去看一下嘛。"我提议。

我们起身到杏树山谷那边。这会儿是上午十点钟,白云像一排巨大的浪头从山后扑过来,但不落下,我们像在浪的悬翼下冲浪的人。草地上疲倦的野花比含苞欲放的花更多，波斯贝母的蓝花把花瓣搭在叶子上休息，像晾晒浆洗过的彩条毛巾。

"就是那个山洞。"洪巴图指过去，一棵榆树挡住了洞口，洞口狭窄到人要半蹲着才能进去。到洞口之前我们登上一块高高的岩石，我看到一个人往山下的安吉拉河边走，他抱的东西包着蓝绸哈达。

"丹巴。"洪巴图说。

河边，丹巴蹲着洗一堆骨头，他把洗好的骨头整齐地摆在一块牛皮上，头骨、肋骨、骨盆和胫骨，一堆小碎骨估计是脚踝骨，骨头已经黄了。丹巴拿起头骨在河水里洗，像洗碗一样，再用毛巾擦干。头骨深陷的眼窝和排列的牙齿透露说不出的表情。

"丹巴，这是我的中国朋友，蒙古人。"

丹巴回过头来，他四十岁的样子，宽阔的额头挤满了皱纹，鬈曲的头发遮住了耳朵。

我们站着看他洗骨头，面对这个场景，也说不出什么安慰话。丹巴用指甲剔除骨头缝的黑渍，到水里冲一下。他拿起一块小骨头看，接着洗。这能看出什么呢？这是诺明花的全部，这些骨头永远不能站立了，不能用肉和筋连在一起行走、唱歌和微笑。它们原来藏在人的身体里，肉随着灵魂走了，骨头成了泥土里的树根。

洪巴图双手合十放在额头，喃喃念诵藏文佛经，拈食指拇指在地上划一道线,再闭目诵经。我想照他样子诵经,这么短时间学不会,也用食指拇指拈住在地上划一下,算虔敬。

洪巴图不满地看我一眼,蹲下跟丹巴说话。

"找到了。"

"哦。"

"可怜啊!她进山洞里做什么?"

丹巴把腿盘上,观望天空有顷,说:"可能是被野兽堵到山洞里了。"

"哦,可怜啊!你想怎么办?"

丹巴说:"给她洗个澡,安吉拉河里的阳光会把她在山洞积累的冤魂鬼气去掉。这些骨头晚上也在这里泡着,在网兜里。"他从怀里拿出一个用麻绳编的网兜。

洪巴图点点头。

河水像飞梭一样向前游走,在有漩涡的地方转一圈,接着走。岸边的胡杨树探过身来,像到河里舀水。丹巴说他要把诺明花的骨头在河水里泡三天三夜。月光透过河水照下来,骨头就白了。蒙古人恐惧自己的骨头不白。

洪巴图抬头看丹巴,意谓然后怎么办。

丹巴说:"我要给她装上身体。"

"用什么装身体?"

"玉米粉、酥油,用骨头熬的胶粘合在一起。"

"画上眉毛眼睛。"洪巴图说。

"是的。"丹巴说,"穿上衣服。"

"诺明花一定进入天堂了。"

丹巴激动起来:"一定会的,人怎么会因为腿瘸而进不了天堂呢?你去问沙格加牟尼(释迦牟尼)佛爷,他的弟子里有没有瘸子?肯定有的。诺明花有虔诚的心,她的心比大象的脚还坚定,早就踩好了去天堂的道路。"

"你给她装上身体,画上眼睛,她就是天堂最漂亮的女人。"洪巴图说。

"是呢,佛祖喜欢她,把花放到她手里。佛祖早就知道她的脚有毛病,这算什么呢?鹿野苑地方有一只小黑狗的脚断了,佛祖还把它抱起来,放进袍子里。"

"放进了袍子里,"洪巴图重复丹巴的话,"也不怕狗身上的血脏了衣服。所有的血都不脏,可以洗清罪责。"

"对呢。"丹巴说,他把骨头装进网兜里,穿上粗绳子系一个扣,压在一块大石头下。网兜泡在河水里,下面有褐色、黑色、白色的小圆石子。清澈的河水流过,影子的光在骨头上微微颤动。

洪巴图看丹巴。

"下个礼拜二是地藏王菩萨的生日。"丹巴说。

"阿拉腾确吉菩萨。"洪巴图说,他在说高丽王子金乔觉,地藏王菩萨化身。

"到那天,我扎个木筏子,把诺明花的身体放上去,放到河里漂走。"

"哎嘿，进天堂了。"洪巴图说，用赞叹的语气，"这是最好的方法了，干干净净的，到时候我来一起念经。"

丹巴向洪巴图叩首，向我叩首，我回礼。

过了几天，我和洪巴图到丹巴家里。三间土房子，房子边上是羊圈和过冬用的柴火垛。这天晚上天空有满月，图瓦人相信满月具有达成一切愿望的力量。丹巴在院子里铺一大块防雨布，他在一个木头钉的人字形架子上摆好了诺明花的骨头。他显然细心地摆了很长时间，手指骨、肋骨摆得很清晰，脚踝的骨头有些凌乱。丹巴毕竟没学过解剖学，也不可能剖开一个人的脚看骨头怎样摆放。

一块旧门板上放着丹巴制作的玉米粉掺酥油骨胶的面坨，丹巴像雕塑家那样把面堆在骨头上，抟成胳膊、腿和身子。洪巴图在一边建议："腰再细点。"丹巴不同意，"女人腰粗才好看。"弄好了，丹巴在她胸前放上六粒绿松石、一粒珊瑚。诺明花的头很大，像佛像一样。丹巴用笔蘸着矿物质颜料给她画上了眉目，看上去如同印度的佛，眼睛细长巨大，嘴角弯曲带笑容，勇猛天真。

"干了就可以穿衣服了。"洪巴图说。

丹巴从屋里拿出一件蒙古袍，大翻领的布里亚特样式，绿绸子质地，领子和袖口绣着很宽的白色花边。我们说好看。丹巴拿出一双皮靴，这是图瓦样式，靴子尖向上翘。丹巴笑容洋溢。再过几天，诺明花就穿着这身漂亮的衣服在地藏王菩萨的生日里赶赴天堂了。

第二天早上，我在宾馆后边的河边跑步，洪巴图站在宾馆二楼的走廊窗口喊我。过了一会儿，他下来了，好像要笑，又收起笑容。

"告诉你一个不好的消息，但你不要笑。"他说。

"我为什么要对坏消息笑呢？怎么啦？"

"诺明花的左腿没了。"洪巴图说完笑了。

"咋没了？"

"被野兽叼走、被神灵搬走，都有可能。"

这下坏了，丹巴多伤心啊，他一定在哭泣。

"我们去看吗？我刚从那里回来。"洪巴图问我。

"我不去。"我不愿意看到诺明花的身体缺了一条腿，也不愿见到可怜的丹巴伤心的样子，他找了十年才找到诺明花的骨头。

"左腿，"洪巴图说，"就是她瘸的那条腿。"

"你走吧，我要接着跑步。"我不想听他说这些。

洪巴图悻悻走了，既没得到烟也没得到啤酒，最主要他没见到我大笑，他是拿这个事当笑话说给我听的。

晚上，洪巴图来到我住的宾馆。图瓦没电话，一切事情都要当面说。他坐在床边，说："诺明花的腿丢了，我心里很不好受。明天是地藏王菩萨生日，丹巴让我来问你，明天去不去参加诺明花的送行仪式，在河边。"

"她的腿没了也要送吗？"

"她的腿现在好了,安上了。"洪巴图说。

"找到了?在哪儿找到的?"

"没找到。"

"怎么回事?"我递给洪巴图一支香烟。

他点燃,说:"诺明花那只腿是左腿,从膝盖以下没有的。"

"这我知道。"

"但是现在有了。"洪巴图吐出烟雾。

"快说,你这个坏蛋!"

"唉,丹巴把自己的左腿锯下来给诺明花安上了。"

啊!我几乎跳起来:"他把自己的腿,一个活人的腿锯下来了?"

"是的,他自己锯的。"

我躺在床上,不想说话。太他妈残酷了,人怎么能这样呢?

"你明天去吗?"

"我想一想。"我想,丹巴太可怜了,活媳妇死了,死媳妇腿没了。他怎么能锯下自己的腿呢?从膝盖?从膝盖下的胫骨?我不敢想了,赶紧闭上眼睛,但我发现我眼睛早已闭上了。

"丹巴希望你去,这是他亲口对我说的。"

我坐起来,"去。"

第二天早上是一个好天,东边的蓝天堆积薄薄的云彩,包着红边。安吉拉河激起细碎的波浪,反射阳光。河岸北面,洪巴图赶牛车走过来,车上躺着穿白色翻领绿蒙古袍的诺明花。丹巴拄拐跟在牛车后面,他真的少了半截腿。

在河边,洪巴图和我把木筏子抬下来,诺明花在上面。

"诵经吧。"洪巴图说。

丹巴扔掉拐杖,他趴在地上,用额头贴在诺明花巨大、刷白石膏的脸上。诺明花的眼睛是用蓝线和红线画上去的,这张脸如莲花生大士,喜悦笑着。

"不要把她的脸弄脏了。"洪巴图说。

丹巴站起来擦泪水。

丹巴唱诵大悲咒,洪巴图随诵,续诵回向经文。

我们三个把木筏推向河里,木筏子不漂走,在岸边打着旋。丹巴双手合十,说:"走吧,走吧,诺明花,你旅行的终点是西方净土,佛祖在那里等你呢。"

木筏动荡着,往河心漂,进入主航道,它朝西方流去。我们目送木筏漂远,漂得很平稳,诺明花的绿蒙古袍渐渐看不清了。那一刻,我把她当成了诺明花本人,她也是有福气的人啊!

我问丹巴:"你为什么要砍掉自己的腿呢?"

丹巴用指甲划拐杖上的松树皮,说:"我觉得没腿或瘸腿的人进不了天堂。"

"你不是说沙格加牟尼的徒弟甚至没有脚也坐在他身旁喝茶吗？"

"我那样说是安慰她，要不然，我怎么会上山给她找岩山羊的奶呢？"

洪巴图让丹巴上牛车坐着，丹巴不干，执意拄拐走。洪巴图、牛车和拄拐的丹巴绕过玛尼堆走到公路那边。

西伯利亚的熊妈妈

去年夏天,我到南西伯利亚采风,走到小叶尼塞河与安加拉河交汇的一个地方过夜,住在原来的地质队员的营房。房子里茶炊、被褥完好,方糖和旧报纸仍放在那里。二十年了,没人动。

正喝茶,向导霍腾——他是图瓦共和国艺术院的秘书,胡子须永远沾着啤酒沫——说领我们见一个人。

我们开车走进森林,在一幢木房子前,一人远远迎接。

"这是猎人德维-捷列夫涅。"霍腾介绍,"他想见中国人。"

德维-捷列夫涅六十多岁,粉皮肤,楚瓦什人生就三岁婴儿般好奇的眼睛,缺左小臂。这个名字俄语的意思为"两棵树"。

他家墙上挂着熊的头颅标本。熊的眼神像德维一样天真,脸上挂着各种各样的纪念章。它微张着嘴,一边的牙齿断折了，顶戴一只新鲜的花环。

德维在熊面前述说一大通独白。翻译告诉我，"两棵树"对熊讲的话是："熊妈妈，安加拉河水涨高了一尺，森林里又有五种野花开放，拜特山峰从下午开始变青。"

我听过脊背发紧，太神秘了。

霍腾告诉德维："中国人给你带来了青岛啤酒，你喝了之后会觉得日本啤酒简直是尿，连洗屁股都不配。而他们是来听故事的，把故事告诉他们吧，中国人都是很性急的。"

德维新奇地端详我和翻译保郎，从箱里拿出五罐啤酒摆齐，"啪啪"打开，一口气一个，全喝光。

"故事，"德维用歪斜的食指在空中划个圈儿，涵盖了弹弓、琥珀珠、地下的木桶和铁床，"它们都是故事。"

"讲熊的故事吧。"保郎说。

"这是熊妈妈的故事。这是我第三次讲这个故事，对中国人是第一次。"德维又喝三罐啤酒，"不喝了，剩下的让野兔养的霍腾喝吧。那一年，我领儿子朱格去萨彦岭东麓的彼列兑抓岩羊。朱格喝了山涧的水之后就病了，估计水里有黑鼬的尿。我们只好住在山上，住了七天，吃光了干肉。野果还没长出来，我们快要饿死了，朱格会先饿死。他身上轻飘飘的像云彩一样，这是我最不愿看到的。"

"那时候动物也没有食物，春天嘛。它们不出来，我打不到猎物。有一天傍晚，运气来了。我在一个岩洞边发现一只熊仔。它饿得走不动了，舔掌、喊叫。我架好猎枪，这时候空气震颤，刚长出的树叶跟着抖——母熊在树后发出低吼，就是它（德维指墙上的标本）。我明白，这时枪口不能指向它的孩子，于是放下枪。母熊转身走了，它走得很慢，也是缺少食物引起的虚弱。我看它走的方向，突然明白，那是我儿子躺着的地方。我摇晃着回去，见朱格躺在地上的树枝上。他看看我，转回头。我手里什么猎物都没有。在离我们十几米远的树后，母熊看着我们。过一会儿，它走了。母熊回来时，带着熊仔，站着看我们。"

"这是什么意思？"保郎问。

"意思是，它们没食物，要饿死了，想吃掉我们。我们也没食物，想吃掉它们。但是，我没把握一枪打死母熊。它会在我装子弹的空隙扑过来。我可以一枪打死熊仔，母熊也会一掌打死我儿子。然而我有枪，它不敢。"

保郎问："熊知道枪的厉害吗？"

"当然。熊像你们中国人一样聪明。我们就这样对峙。它们母子、我们父子，静静坐着，谁也不动。我儿子朱格已经昏迷过去了，腹泻脱水，加上饿。我心里懊恼，但没办法。我一动，母熊就会扑向我儿子。"

"母熊的眼睛始终看着我的枪。它的小眼睛对枪又迷惑又崇拜。好吧，我举着枪，走到悬崖边上——我身后十步左右是一处悬崖——在石头上把枪摔碎，扔下去。母熊见到这个情景，头像斧子一样往地上撞，这是感激，我能看到它流出的眼泪。这回公平了，我想，搏斗吧，要不然你们走开，像陌生人那样。"

"熊不走，也不上来扑我们。这下我没办法了，我毁掉枪，表明伤不到你们，还要怎么样？再想，母熊是想为幼仔谋一点食物。为了让它们走，也为了我儿子，我闭着眼用刀把左小臂割断扔了过去。上帝啊！熊仔撕咬我的左臂，上面竟然还有我的手指。你们想不到后面的事情，母熊走过来舔我的伤口。它的带刺儿的舌头舔着上面的血，我闭着眼睛对熊说：吃掉我吧，但别伤害我的儿子。"

"可能我昏了过去，总之被母熊的吼声弄醒。它看着我，然后，疯一样奔跑，从悬崖扑下去。我费了很长时间才弄明白，母熊自杀了。要知道动物从来不自杀，但熊妈妈从悬崖跳下去了。我胆战心惊地趴到悬崖边往下看，母熊躺在一块石头上，嘴和鼻子冒血。它死了。"

德维用残臂抱着头，说了一大段话，保郎翻译不出来。我想问"后来呢？"，没敢也没好意思问。

霍腾说："告诉他们结局，德维。"

"结局就是，我们活到了今天。我儿子朱格去铁匠家取火镰，明天回来。"

"说熊。"霍腾提示。

"唉！我们吃了熊的肉，活了过来。我又蹚着冰水给熊仔捞来很多鱼，它吃饱走了。熊妈妈（指标本）被我带回来。我的伤口被它舔过之后好了。"德维给熊的嘴边塞一支红河牌香烟，往它头上洒一些啤酒。

"这是哪一年？"我问。

"普京第三次到我们图瓦打猎那年。"

"2006年。"霍腾说。

之后，德维问：中国还有皇帝吗？长城上有酒馆吗？中国女人会生双胞胎吗？我一一作答，却不敢看墙上的熊妈妈的眼睛。为了熊仔，它竟有那么大的勇气。

转经筒边土

克孜勒是俄联邦图瓦共和国的首都，人口只有几万人。市中心是广场。周围有列宁像、总统府和歌剧院。中央立一幢亭子，赭红描金，置一个大转经筒，高过人，两米宽。克孜勒的市民清早过来转转经筒，这是个全民信仰喇嘛教的国家。

人说，转经筒里装粮食，有谷子、高粱、麦子、玉米和黑豆。

我到时，转经的人走了，该上班了。一位老汉坐亭子台阶上，手拿马鬃小刷子和一个蓝布袋。他拂扫经筒地上的浮土，归小堆，捧进袋里。

我看，亭子地面已经很干净。过一会儿，老汉又去扫土。他可能在这里保洁。不过，这个刷子太小了，只有两个牙刷那么大，手柄好，象牙做的。

待我要走时，老汉先走了。他把蓝布袋和小刷子揣怀里，背着手，身态蹒跚。袋里的土也就二两多。

我上前，请教老汉在做什么。

老汉目光转过来，清澈，说婴儿的眼睛也可以，只是眼窝的皱纹证明他老了。

我们勉强对话，用蒙古语。他懂一点蒙古语，会藏语。我主要使用肢体语言。一番交流得知，他不在这里搞卫生，把土收藏回家。

为什么收藏转经人鞋上的土呢？

他比划：家不远。明天在这里见面，邀我去他家。

他家里有什么？

有花。他比划高矮的花儿，花朵有鸡蛋那么大、香瓜那么大。

噢，他用这些土栽花儿。四方人脚下的土栽出不平凡的花儿。

次日此时，我等老汉，没等到，欲归。一个小孩从广场西边飞跑过来，拽我衣裳。怎么回事？他手指我左胸的成吉思汗像。这件T恤是纪念蒙古帝国（1206—2006）诞生800年的纪念，海中雄送。我明白了，小孩是老汉派来的，成吉思汗像是标识。

我随小孩来到一处平房人家。老汉门口迎接，他在家为我做酸奶。院子里，我看到忍冬细长的红花、鸡矢藤、蓝色的桔梗花，还有层层叠叠的虞美人。

可是，这不会是用扫来的土栽的花吧？我意思说，这么大一个院子的土，扫不来。扫来的土应该在盆里。

我比划——盆。

老汉比划——没有盆，只有土地。

我比划——花，长在盆里。

老汉比划——你喝酸奶。

我喝酸奶，不加蔗糖的酸奶开胃生津。我忍不住起身模仿他扫土、转经筒、布袋子。

老汉恍然，领我进入一个小屋。墙上挂布达拉宫的绒织壁画。老汉小心揭开壁橱的布幔，一排小佛像。

它们用扫来的土烧成。

老汉用手语表示，这些佛像将放到各地的庙里。他送我一尊，嘱我放在中国的寺院。花和转经筒边的土，原是两回事。

回国，我心中有一点点未解，以脚下土制佛像，有些不尊敬吧？一天，逢机缘请教一位大德。

他说："好。佛向八方去，人自四面来。土最卑下，脚下的土更卑微。人的心念就在脚下，土带着各种人的心念，如今烧成佛像，土和心都安静了。甘于卑下，正是佛教的真义。"

这尊佛宁静微笑，如沉浸无上欢喜之中；并无卑下，只有浑朴。我把佛像留在了这个庙里。

远方：诗歌

狼从没听说它的名字叫狼

狼被人看作是狼由来已久
狼还是原来的样子

狼在汉字里的同义词是
残忍、无情、冷血
欺骗、狡诈、疯狂
狼不懂汉语
它还是原来的样子

狼用狐狸、兔子、石头和山
的名字给其他狼命名
它们不知道谁是狼

狼见过冰雪千里
如同它们见过赤地千里

图瓦大地

它明白河水的流向
月圆之夜让狼心慌

狼懂得忍耐是生存之必要
如同团队合作是生存必要
忍饥挨饿是每日的日课篇章

狼辨析风向
知道洪水和地震的前兆
它善于奔跑
偶尔也怀念在母亲怀抱里的时光

在动物里,狼禀赋聪明
但不懂得什么是
残忍、无情、冷血
什么是
欺骗、狡诈、疯狂
就像它不懂得人是什么
人做什么
狼从没听说它的名字叫狼

额吉淖尔*

内蒙古在中国的北部
锡林郭勒草原在内蒙古的北部
额吉淖尔在锡林郭勒草原的北部
它是一座湖

湖底日夜冒出泉水
遇到阳光化为结晶
这些晶体融化于血液
简称盐,蒙古人认为这是个奇迹

他们把盐湖称为额吉淖尔
湖里的盐分在每个人的血液里分布
他们在这里跪拜,称颂母亲之名
拉走盐,拉走乳汁的结晶
所有人都有一位盐湖的母亲

没有哪个蒙古人不知道额吉淖尔
就像无人不知成吉思汗
无人不知道大海,无人不知道风

芍药花开在山坡的南边
哈拉哈河流在山坡的南边
额吉淖尔在哈拉哈河的南边
它是母亲湖

*额吉淖尔,蒙古语,母亲湖。

沿途：风景

甘丹寺的燕子

燕子，挺着白色的胸脯，在雨前凝止的空气中滑翔，离地面越来越近。艳阳天，它们不知在哪里。

燕子，骄傲又轻盈，恰是少女的特征。在乌兰乌德（布里亚特共和国首都），我见到一只通灵的燕子。虽然有人说燕子全都通灵，但这只燕子有故事。

甘丹寺在乌兰乌德郊区，寺旁密生黄皮的樟子松，夕阳从树缝射入，它们披挂黄金的流苏，倚靠黄绿两色的庙宇琉璃瓦，真是脱俗。

"如果你秋天到这里来，"住持强丹巴说，"树林像包上了金箔。再往后，白雪盖在上面更好看。"

第二次进庙是录一首梵呗。布里亚特蒙古语的喇嘛唱诵，述说人行善得到的从第一到第八十一种好处，生动甚至风趣；多声部，石磬伴奏，和声跟樟子松的香气好像有神秘联系。

大殿上，高大的佛菩萨像从西藏和印度运来，无数铜碗燃亮酥油灯。

强丹巴看一眼手表,"一会儿诵大悲咒,燕子就来了。"

"燕子听经?"

"对。"强丹巴说,"这个燕子不是每天来,初一、十五肯定来,有时住在殿里。村民把家里的酥油灯送进庙里,燕子给他们点灯。"

"点灯?"我以为自己听错了。

"你看,这是灯,灯芯在这儿,对吧?村里人把灯放在佛前,喇嘛用火柴把它点着,对吧?"

"对。"

"这时候燕子从梁上飞下来,喙在这个灯的火上啄一下,放在那灯上,火上有油。特别快,不快就烧着燕子了。酥油灯就点着了,可好了。"

身披绛红大氅的喇嘛陆陆续续进殿,落座。

他说:"燕子该来了。我给它起名叫'卓拉',意思是佛灯开的花。你听过大悲咒吗?知道词吗?"

"听过。"我扭捏一下,"记不住词。"

"噢,没关系。其中有一句词燕子随诵,一会儿你听。"

螺号声起,强丹巴领诵,众喇嘛齐诵大悲咒。深浑的低音伴随高低错落的梵语经文,声音吐露无畏纯真。每次听闻,我悉有泪涌。经诵到第二句的时候,一只燕子悄然飞落在梁上,俯首。我想起燕子随诵一事,看,燕子中间好像张一下嘴,我分不清是哪句。燕子在第二遍和第三遍诵经中都张一下嘴。

结束后,强丹巴问:"听到燕子念经了吧?"

我老实说:"没听到,它好像张一下嘴。"

"对的。大悲咒开始:南无,哈辣达奈,多辣亚耶,南无,窝力耶,婆卢揭帝,索波辣耶,菩提萨埵婆耶,摩诃萨埵婆耶,摩诃、迦卢尼迦耶,安。"

强丹巴停下来,认真地说:"这是第十二句,安。这时候,燕子张嘴叫:安。"

"它懂经文?"

"懂。能说的就这一句。这个燕子还救过我的命呢。"强丹巴说。

甘丹寺早先没这么好,只有几间旧僧舍。强丹巴自个儿在这儿修行。

他每诵大悲咒,燕子卓拉就飞来,他们那个时候认识的。一天,强丹巴病了,躺了几天几夜。他要睡,枕边的燕子啄他眼皮,怕他死了,不让睡。后来,强丹巴把僧衣剪下一小条,写上字,对燕子说:"卓拉,你可怜我,就把这个红布条送到莲花寺住持僧格那里。"燕子衔着布条飞走了。不久,莲花寺的僧格骑马来到,吃了僧格的药,强丹巴病好了。

强丹巴说:"动物啊、草木啊,都有灵。你用好念头对它,它就对你好,这是常识。"

他说这是"常识",我却惊讶。我们说话的时候,燕子卓拉在梁上一直露着小脑袋听。强丹巴看它,说:"我诵大悲咒,你注意听第十二句。"

"南无,哈辣达奈……安。"

燕子张嘴出声,像"啊"。真乃如此。诵毕,我问,大悲咒经文是什么含义?

"除去一句,都是菩萨的名字啊。"

燕子点头,飞出殿外。

布尔津河，你为什么要流走呢？

布尔津河像一只长方形的餐桌，碧绿色的台面等待摆上水果和面包的篮子。河水在岸边有一点小小的波纹，好像桌布的皱纹。

我坐在山坡上看这只餐桌，它陷在青草里，因此看不见桌子腿。这么长的餐桌，应该安装几百条腿或更多结实的橡木和花楸木腿。小鸟从餐桌上直着飞过去，检查餐桌摆没摆酒杯和筷子。其实不用摆筷子，折一段岸边的红柳就是筷子。现在是五月末，红柳开满密密的小红花，它们的花瓣比蚊子的翅膀还要小。这么小的花瓣好像没打算凋落，像不愿出嫁的女儿赖在家里。红柳的花瓣真的可以在枝上待很久，没有古人所说的飘零景象。

来会餐的鸟儿一拨儿一拨儿飞过了许多拨儿，它们什么也没吃到，失望地飞走了。有的鸟干脆一头扎进桌子里面，冒出头时，尖尖的喙已叼着一条银鱼。这就是河流的秘密，吃的东西藏在桌子底下。

青草和红柳合伙把布尔津河藏在自己怀里，从外表看，它不过是一只没摆食物的餐桌。为了防止人或动物偷走这条河，红柳背后还站着白桦树。白桦树的作用是遮挡窥视者的视线。青草、红柳和白桦树每次看到藏在这里的布尔津河干净又丰满，心里就高兴，它们竟可以藏起一条河。但它们没想到，布尔津河一直偷偷往西流。表面看，河水一点没减少，仍像青玉台面的长餐桌，但水流早从河床里面跑了。假如有一天青草知道了布尔津河竟然一直在偷偷流，它一定不明白河水要流到什么地方去，还有比喀纳斯更好的地方吗？

青草喜欢这里，它不愿意迁徙的理由是河谷的风湿润，青草在风中就可以洗脸。青草身上的条纹每天都洗得比花格衬衣还好看。这里花多，金莲花开起来像蒺藜一样密集。这一拨花开尽，有另一拨儿花开。到六月，野芍药开花，拳头大的鲜艳的野芍药花开遍大地，青草天天生活在花园里。可是，布尔津河你为什么要流走呢？

现在野芍药打骨朵了，像裂开的绿葡萄露出山楂的果肉。我用手捏了捏，花蕾的肉很结实，一颗手指肚大的花蕾能开出碗大的花。我想把山坡的野芍药的花骨朵全都捏一遍，好像说我手里捧过百万玫瑰（为了你，我舍得百万玫瑰——这是我昨天听华俄后裔张瓦西里唱的俄罗斯民歌），但我怎么捏得过来呢？把花捏得不开放怎么办？草地、悬崖上都有野芍药花。开在白桦树脚下的野芍药花一定最动人，它像一个人从泥土里为白桦树献花。

白桦树，你怎么看都像女的，就像松树怎么看都像男的。白桦的小碎叶子如一簇簇黄花，仔细看，这些黄花原来是带明黄色调的小绿叶子。能想象，它在阿勒泰的蓝天下有多么美，而它的树身如少女或修士身上的白纱。当晨雾包裹大地又散开后，你觉得白桦树收留了白雾。我甚至愚蠢地摸了摸树干，看了看自己的手指肚，又用舌头舔了舔——没沾雾，白桦树就这么白。既然这样，布尔津河你为什么还要流走呢？

有一天，我爬上了对面的山。草和石头上都是露水，非常滑，但我没摔倒。我的鞋是很好的登山靴，它根本没瞧得起这些草和石头上的露水。登上山顶，看到了我住的地方的真实样子。木头房子离河边不远，像狗窝似的。黑黑的云杉树如披斗篷的剑客，从山上三三两两走下来。更黑的那块草地并不是一片云杉长在了一起，那是云朵落在草地上的影子。

布尔津河在视野里窄了，像一条白毛巾铺在山脚下，也有毛巾上摆着圆圆的小奶球，有一些奶球连在了一起。它们是云朵，这是蒙古山神的早餐。云，原来还可以吃的，这事第一次听说。山神那么大的食量，不吃云就要吃牛羊了，一早晨吃一群羊，还是吃云吧。雾从河上散开，一朵一朵的云摆在河上，山从雾里露出半个身子，准备伸手抓云吃。昨晚下过雨，木制的牛栏和房子像柠檬一样黄。不一会儿,天空有鹰飞过,合拢翅膀落在草地上,想要抓自己的影子。野芍药下个月就开花了,山神早上在吃云朵,偷偷流走的布尔津河把这些事情告诉给了远方的湖泊。

鸟群飞过峡谷

从山顶往下看,峡谷飞过的鸟像一群鱼游过白雾的河流。

鸟脊背黝黑,张开翅,伸出尖尖的喙。

高山顶上草叶凛立。所有的草都蹚过云的河流,被云抱过又松开。山顶的草瞭望三十里外的风景。

鸟群飞过峡谷,像钻进山的口袋。悬崖的野花数不胜数,孤松的松叶是一把梳过流云的木梳。

鸟逆风而飞,气流裹着水的湿意,天空的蓝色只剩下最后一层。蓝的后面,清白无尽。

鸟群像从山顶撒下的一簸箕树叶,树叶在风里聚首,重新攒成一棵树。

高山高,风吹走了山顶多余的装饰之物。石头缝里没有土,只有树,低矮的松树抚倚巨石。被风搜索过的山顶,野花贴着地皮,花瓣小,如山的领子的纽扣。

山顶见不到鸟栖,如同见不到野果和草籽,岩石在风中眯起眼睛，鸟粪早已风干。我在山顶发现一只踉跄的野蜂，它老了，或醉在蜜里，翅膀零落如船桨，仿佛想用这只桨支起不中用的带黑道的身躯。劲风的山顶竟飞来一只野蜂，鸟飞低于峡谷，野蜂是怎样飘上来的呢？

鸟在峡谷里飞，像在隧道里赛跑。风把隧道挤出裂缝，逆风的鸟，翅膀集合着满舵的力量。从生物生理学说，胸大肌在鸟的身上占了最大的比例。鸟的胸肌牵拉翅膀，一升一拍，力量比人做单杠的引体向上大百倍。

小小的鸟们都是力量家。啄木鸟用喙敲击树的力量有几十公斤，鸟的双足从树枝弹跳起飞，力量有十几公斤。没有弹起的高速，鸟飞不起来。鸟身上没有赘肉，它们不贮存脂肪。最可喜的是鸟的羽毛，那是一片压着一片的花瓣，如绣上去的清朝官服的补子，是仿生学家至今没研究清爽的防水防寒的系统工程。

山顶的野草只有短短的叶，趴在石头上。在风里，它们习惯于匍匐的姿态，人间叫低调。自然界的事物没有一件不合理。没有哪种动植物违背环境伦理而高调，它们不会无理由地高大、绚丽、尖锐、臃肿或苗条；它们不做不近情理、不知好歹的事，它们不是人。山顶的石头如桌如凳，宛如待客之地，常来坐的只有白云。

白云携二三子，来这里歇息，或晤谈。人想象不出云彩在一起谈一些什么话，如古人云的云。去白云坐过的石凳上坐一坐，有成仙的意味。凡此类可以成仙之地，风都大，裤子忽拉忽拉灌成两个面口袋，头发如水草朝一个方向漂，耳朵里灌满风声。那么，成仙之后做什么呢？什么也做不成，风太大。站着趴着都不适宜，看书唱歌也不适宜。成仙需要一般人不具备的坚强。小鸟们都不想成仙，从峡谷飞过去，像一群鱼。

野百合

站在图里古山顶往下看,除了那块像钓鱼翁似的孤石,全是绿草。油绿的草叶昨晚被雨水冲刷过,草叶向下倒伏,像一个滑梯。下了山,一片白桦林挡住了去路,好像讨要买路钱。

桦树单株、两三株长在一起,树干清洁纤秀,站在一起有如羞怯。大自然多么神奇,松树幼小也透出苍老,榆树让人想到风雨,而白桦树如纤纤少女。在这样的树边应该拉手风琴,或把手绢掏出来系在树上。我还想跟树一起跑——白桦像是会跑的树。

穿过白桦树——我用手掌在树身一一滑过——来到少郎河边。河水轻松流过,仿佛是克孜勒城边的安吉拉河。安吉拉河从贝加尔湖流出,流向堆满灰色云朵的北西伯利亚。我在河的南岸做过一个小敖包,是用捡来的白石头堆起的。在蒙古大地,人们会捡石头添加它,增加福气。

河水里传出来泥土味,这是头两天下雨带来的气味。

河水比白云游得还快，超过了天上的云影。大块的水如切不开的青玉，透出青黑的肌理。河水转弯处，倒映着图里古山的侧影，像是石崖饮水。

河边开满野百合花。这片滩地从山坡缓冲下来，现在开满了花。野百合、老鸹眼、矢车菊都开在这里，好像地毯刚从河里洗完摊在这儿晾晒。花里面最妖娆的是野百合花，开放最盛时，它们的花瓣卷曲到后面，像杂技演员练习弯腰叼手绢。野百合有红花、黄花和白花。我觉得白色的野百合花还没开完，等待变成红色或黄色，花蕊已先期变红。一些白花的花心透出黄晕，有的透出绿晕，探出金色花蕊的红百合花最耀眼。

野百合花半开之际像伸长脖子的唱机喇叭，百代唱片的标识即如此。那么，这儿奏响音乐才对。花蕊里传出转速很慢的老唱片的声音——《夏日里最后一朵玫瑰》，这是苏格兰古老的民歌，也是情歌。从野百合花的喇叭里传出来的都应该是情歌，还有《都塔儿和玛丽亚》和《燕子》。《燕子》是一首多好的哈萨克民歌啊，哈萨克斯坦为什么不把它当作国歌呢？它旋律的结构如巴赫的音乐那么精致，像水晶魔方，有三成的忧伤，但被辽阔冲淡了。

野百合啊，野百合。这是我在心里对野百合说的话，第二句和第一句重合，因此算一句。看到这么活泼的、跳跃的、鲜艳的花，不说点啥不好，说也不知说啥。见到一位真正漂亮的姑娘时，你能说啥呢？说不出来啥，只能说漂亮啊漂亮，跟没说一样。据说，人见到美或置身爱情中，大脑额叶的判断功能被屏蔽，要等到六个月后才恢复。我蹲下，用手捧着花朵，像捧着泉水。松开手，野百合花得意洋洋地晃头。我轻轻地走出这片野百合花的领地——一个人站在花里面显得太高，衣服跟花比显得不自然，而人的五官显得奇怪，不如花朵之没五官，人的手脚也不妖娆。我慢慢退出去，脚别踩到这些天使。

一群鸟飞了过来，飞到我刚才站立的地方。也许它们刚才就在那里，被我吓跑了。它们落在野百合开花的地方，蝴蝶拍着不中用的翅膀跟着飞过去。那里是野花、小鸟和蝴蝶谈恋爱的地方，生灵在此会合，花朵和鸟羽的鲜艳都是因为爱。

马群在傍晚飞翔

群马聚到一起飞奔的时候变成了鹰,变成气势汹涌的洪水,幻化为杂色的流云。

马群跑过去,没有什么东西能阻拦它们,四蹄践踏卷起的旋风让大地发抖,震动从远处传过来,如同敲击大地的心脏。大地因为马蹄的敲击找回了古代的记忆,被深雪和鲜血覆盖的大地得到了马群的问候,如同春雷的问候,尔后青草茂盛。

原来,我以为马就是马,而马群跑过,我才知它们是大群的鹰从天际贴着地皮飞来。鹰可以没翅膀而代之以铁铸的四蹄降临草原。马群跑过来,是旋风扫地,是低回在泥土上的鹰群。

马群带来了太多飞舞的东西。马鬃纷飞,仿佛从火炭般的马身上烧起了火苗。马在奔跑中骨骼隆突,肌肉在汗流光亮的皮毛后面窜动。马群上空尘土飞扬,仿佛龙卷风在移动。奔跑的马进入极速时,它们的蹄子好像前伸的枪或铁戟，这就是它们的翅膀。它们贴着地面飞翔，比鸟还快。置身于马群里的单匹马欲罢不能，被裹挟着飞行，长戟的阵列撕裂晨雾。

马群纷飞，它们在那么快的速度中相互穿插、避让，从不冲撞，更没有马在马群中跌倒。鸟群在天空也没有鸟被撞到地上。动物的智慧——动物身体里神经学意义的智慧比人高明，它们有力量、灵巧，还美。动物不用灯光、道具、服装、化妆和音乐照样创造震慑人心的美。

马群飞过，对人来说不过是几十秒的时间，人几乎什么也看不清楚，它们已经跑远或者说飞走了。

马群去了哪里？以马的力量、马的速度、马的耐力来说，它们好像一直跑到南方的海边才会停下来。我见过埋头吃草的马群，但没见过奔跑的马群是怎样停下来的。是谁让它们停下来？是什么让它们停下来？

马群在草原徜徉吃草，十分安静。马安静的时候，能看清它一下一下眨眼。吃草的马安静，马群在奔跑时如同一片云。云也奔跑，云峥嵘，云甚至发出雷鸣，但云也是安静的，这和马相同。云更多时候穿着阿拉伯式的丝制长衫在天边漫步，悠然禅意，与吃草的马群相同。

草原辽阔，晴空如澄明的玻璃盅扣在长满鲜花的青草盘子上，它叫作大地，又叫草原。羊群、牛群和马群虽然成群，在草原上也只是星散的点缀。马低头吃草，好像闻到了自己蹄子上的草香，风吹开马颈上的鬃毛。马的安静不妨碍它飞奔，马的雄心在天边。

  在草原，每天都见到几次马群的飞翔，它们从山冈飞到河边。恍惚间，它们好像从白云边上飞过来，要飞越西拉沐沦河。它们可能被《嘎达梅林》的歌词感动了——"南方飞来的小鸿雁啊，不落长江不呀不起飞……"马群要变成鸿雁，排成方阵在天空飞翔，它们渴望从高空俯瞰大地。马想知道大地是什么，为什么生长青草和鲜花，为什么流过河水，为什么跑不到尽头？

  马站在山坡上吃草，马群飞翔。它们背上的积雪融化了，马的眼睛张大在雪幕里。马群在傍晚飞翔，掠走了夕阳。它们最后总是停在河岸，鸟群也如此。它们并未饮水，而在瞭望天地间的苍茫。

马如白莲花

起雾的时候，红嘎鲁湖像被棉花包裹起来了。草地边缘出现鹅卵石时，前面就是湖水。湖水藏在雾里，好像还没到露脸的时候。雾气消散，从湖心开始，那里露出凫水的白鸟，涟漪层层荡过来，在雾里清路。雾散尽，我见到湖边有一匹白马。

白马从雾里出现，近乎神话，它悠闲地用鼻子嗅湖边的石子，蹄子踏进水里。我觉得，刚才散去的白雾聚成了这匹马，它是雾变的神灵。马最让人赞许的是安静，它似乎没有惊讶的事情。低头的一刻，它颈上的长鬃几乎要垂到地面。

它是牧民散放的马，会自己走回家。我走近马，它抬起头看我。马的眼神仿佛让我先说话，我不知说什么，说"马，你好"，显得不着边际，说"多好的马呀"，虚伪。马见我不说话，继续低头嗅水浸过的石子。马默默，我也只好默默。人对真正想说话的对象，比如山、比如树、比如马，都说不上话来。等我走到高坡的时候，马已经徜徉在白桦树林的边上。它用嘴在草尖上划过，像吹口琴，我估计是吸吮草尖上的露水。马的身影消失在白桦树林，一个眼睁睁的童话蒸发了。那些带黑斑的白桦树如同马的亲戚，是马群，一起走了。

牧民香加台的孩子盎嘎（蒙古语的意思是孩子）十二三岁，他给马编小辫。香加台有一匹白马、一匹带亚麻色鬃毛的枣红马。盎嘎给枣红马编六个小辫，垂在颈上如同欧洲古代的英雄。盎嘎把枣红马头顶的鬃发编成一个粗榔头，像一锭金顶在头上。我管这匹马叫"秦始皇"，盎嘎说"始"字不好听，像大粪，他管这匹马叫"火盆"。

火盆走起路来筋肉在皮里窜动，面颊爬满粗隆的血管。一天傍晚，才下过雨，草尖反射夕阳的光，盎嘎骑这匹枣红马奔向西边草场，白马并排跑。

两匹马奔向落日，让我看了感动。落日的边缘如融化一般蠕动，把地平线的云彩烧没了，只剩下玫瑰色的澄空。马匹和盎嘎成了落日前面的剪影，他们好像要跑进夕阳之中。最终，马站下来，风吹起它的鬃发，像孩子挥动衣衫。

盎嘎牵着两匹马回来时，天空出现稀稀落落的星斗，夜色还没有完全包拢草原，天空一派纯净的深蓝。马儿走近了，白马走在黑乎乎的榛柴垛边上站住脚，如同一朵白莲花。马竟然会像白莲花？我奇怪于这样的景象。大自然的秘密时时刻刻在暴露，露出旋即收回。我走近他们——火盆、白马和盎嘎，他们变得平凡，各是各，只有盎嘎手上多了一朵白野菊花。

沿途：风景

牛比草原更远

看草原的辽阔,不是看地平线,也不是看飞鹰融化在蓝天里,连个黑点都没剩下。看到远方的牛群,才觉出辽阔是无法用脚丈量的远。一群牛在天际如甲虫般蠕动,觉得牛比草原更远。

傍晚,这群牛摇着尾巴回到家,步伐慢得不成样子。难以置信,它们就是天边那群牛。

到牧区,城里人的空间与时间观念都被改变。牧区的一切都缓慢,像太阳上升那么缓慢,然而什么都没耽误。

回家的牛一脸憨态。所有情况下,牛的表情都显出茫然。好牛的皮毛比锦缎更有光泽。吃饱的牛,两肋撑得比骆驼肚子还圆。一回,我跟一个人从堤坝边的小路走过,对面来了一头牛,两肋更宽。牛倌喊:让路了,让路……这人闪到树后,我学他也闪树后。宽肋牛气定神闲走过,没理我们行的注目礼。我问这人为啥给牛让路,他说这头牛怀孕了。

蒙古人对人畜草木给予同等关怀。到夏营地的牧民，秋天撤蒙古包的时候，把拔出楔子的土坑重新填埋踩实。按蒙古人的民间传说，土地扎了一个洞，洞里会钻出魔鬼。现实中，这种传说保护了草原。牧场的土层是草根编织的网状保护层，扎一个洞，在理论上说会导致沙漠化。如今，草原上大规模开矿，其后果说也别说了。

放牛比放马更艰辛。牛倌常年无人说话，在烈日和暴雨中奔走，像化石的人。跟牧牛人说话，他惜话如金，好像暗示你采用眼神交流。无论问什么，他点头或摇头，表情却生动。我想问牛倌，你从早上到晚上，在漫长的一天里想什么呢？我没问，这样的问话说不出口。牛倌洪扎布对我笑，好像知道我想问的话。他坐地上，揪一片草叶在嘴里嚼，默默看着远方。胶鞋露出比煤还黑的脚肉，鞭子搭在胳膊上。洪扎布衣服、裤子的双肩和膝盖的布磨薄了，露出经纬线，城里人扔掉的衣服也磨不破肩头。他说回家挑水浇树，跪地下弄树苗，磨破了衣服。他用胳膊抱住膝盖，感到羞惭，胳膊肘还有两个洞。

夏季的晚风吹过，草地像打了一个激灵，又像一只无形的手从草叶抚过，如抚猫的毛。西天热烈的云阵伸臂迎接夕阳，洪扎布的脸镀上一层金。我想，我的脸也有金色，终于跟金子挂上钩了。草色转为金碧，空气更透明。嬉戏的鸟儿一头栽进草里，挑头又飞起来。牛群回家了。

我和牛倌洪扎布放了一天的牛，相互笑了无数次，没说几句话。洪扎布像草原上的树、石头和河流一样，安于沉默，像听古典音乐应保持的沉默一样。

牛犊子步小，在母牛后面跑。它不情愿回家，时不时回头看这片金碧的牧场。

苜蓿花的河谷

小鸟飞过黑松林,飞到阿瓦齐河谷的苜蓿草地上。冬天里的鸟儿在梦中梦到了苜蓿的紫花。

大地把绿毯子斜铺在倾斜的河谷上,苜蓿在上面绣满了细碎的紫花,毯子看上去有了中亚的风格。鸟儿认为这是为它们铺的毯子,纷纷飞到这里嬉戏歌唱。

金丝雀、黄鹂、棕尾伯劳、歌鸲、朱顶雀、苍头燕雀聚集到这里,它们挺着鼓鼓的胸腹,好像里边装着一百首哈萨克民歌和六首塔吉克乐曲。

小鸟滑入草地,又挑头升到空中。空气中好像有透明的大波浪,把鸟儿抛来抛去。鸟翅把阳光的纱巾割成条条块块,让阳光的纱巾整齐地铺在苜蓿花上。

苜蓿的花瓣小而多,二十多瓣长在一起,如一个小花柱。小鸟认为苜蓿花是一本书,二十多个页码,是简易读物,记录着阳光和月光射来的角度。风觉得苜蓿花是一只只紫色的小鸟,花瓣是它们的羽毛。苜蓿花的花语是希望。

所谓希望正在于它的花可以像小鸟一样飞起来，让天空铺满紫色，像涨潮一样起伏。

人说鸟儿是美丽的精灵，但我们记不住小鸟的脸。人类把美过多地定义在人的脸上，称其为面容。如果美的标准不定在脸上，定在什么东西上呢？当然还有衣服、手袋和首饰。人类有美丽的羽毛吗？他们说自己有纯洁友善的心灵，可是从外边看不到。鸟儿也看不到鸟儿的心灵，但它们从不担心受到同类的欺骗和迫害。

这里有九十九条古老的小巷。我走过蜡烛工匠之巷、砖雕工艺之巷、花盆工艺之巷和铁锅工匠之巷。现在每个巷子都立着雕花的木牌，上面介绍小巷的来历。橘黄色的路灯照在拱形雕花的窗户上，一千零一夜的故事好像就要开始了。现在是黎明时分，街上行人很少。地雀飞过来，在店铺前的地面上飞快奔跑。它们不怕人，只有在几乎被捉到的情况下才飞到街边的桑树上。棕色的野鸽子结伴飞来，在馕铺边上啄食物。它们比信鸽瘦小，或者说像麻雀长大了一倍。在喀什的老城走，抬头看房子，发现房檐上有野鸽子在看你。和你目光交视之后，它们拍翅飞到房顶上。

在乡下，渠水边长着笔挺的杨树，用洁白和新绿抵消了戈壁的沉闷。沙枣树的花香令人沉醉、令鸟沉醉。在这里，听得到鸟儿发出醉汉般的歌唱。它们的歌声是小调式，有许多半音和滑音。鸟醉了才这样唱，比如它们吃过发酵的桑葚。黎明与黄昏的景色让小鸟产生了幻觉，它们的歌声里浪漫的元素多于巴洛克，没有一个高音是扁的，鸟儿唱歌时胸腔全都打开了。小鸟一飞就美丽。按说人们在飞翔中看不到美，因为美飞走了。但鸟在飞翔中创造美，况且它们还有歌喉和羽毛。这三项已经比人类高明，人类虽然有喉但并不都是歌喉。他们在纯真的儿童年代，唱得甚至比小鸟还好。长大了，他们只剩下酒喉烟喉与咽喉，与歌唱无关。他们与音乐有关的器官只有耳朵，但一半以上的人的耳朵与音乐无关。人类没有羽毛，只有腋毛，他们用人造的衣服制造差别与美丽。在澡堂子里，他们和她们发现如果失去衣服，皮肤上挂满愚蠢的脂肪。

　　我们看不见小鸟的脸，但不影响它的美丽。这个叫什么呢？可以叫境界。境界，说的是你站村里它站山上，你在山上它在云端。有多少人自恋自己的脸，依赖、崇拜这张脸，靠脸打天下，而其江山随时光变成了蚁穴。你靠你的脸活，但别人不靠它活。多好的脸都是积雪，早晚将沉没于泥土之中。小鸟用飞描述自由、描述洒脱，翅间带着远方与树叶的秘密。小鸟在飞翔俯瞰河流和麦浪，划出透明的弧线。鸟最有资格讲述山河。

　　苜蓿花继续织毛毯，它们的愿望是把绿毯子改成紫色。鸟儿飞来检验毯子花色是否均匀。紫花柱挡住了苜蓿草三片肥黑的圆叶子，挡住了羊茅草和雀麦的小花。小鸟用翅膀扇这些花，让它们再紫一些。鸟翅下面的蜜蜂用翅膀扇苜蓿花蕊，让花的香味传遍远山。

　　春天里，河谷归苜蓿花、小鸟和蜜蜂所有。它们在这里折腾一个多月，初夏到来时，它们各自尽兴而去，马和牛羊来吃苜蓿草。牧人说，马吃不到苜蓿草，一年都没有劲，像得了病一样。马低头吃草，像读书上的字，得意处，把尾巴晃上一晃，苜蓿让它们浑身是劲。

黑蜜蜂

黑蜜蜂无牵无挂，孤独地飞在山野的灌木上方。一只肚子细长的黑蜜蜂在岩石的壁画前飞旋，白音乌拉山上有许多壁画——古代人用手指头在石上画的图形符号。我觉得像是古埃及人来蒙古高原旅游画的。黑蜜蜂盯着壁画看，壁画上有一个人牵着骆驼走的侧影，白颜料画在坚果色的黑石上。黑蜜蜂上下鉴赏，垂下肚子欲蜇白骆驼。古代骆驼你也蜇啊？我说它。黑蜜蜂抻直四片翅膀，像飞机那样飞走。

草原上有许多黑蜜蜂，长翅膀那种大黑蚂蚁不算在内。盛夏时节，草地散发呛人的香味，仿佛每一株草与野花都发情了。它们呼喊，气味是它们的双脚，跑遍天涯找对象。花开到泛滥时节，人在草原上行走没法下脚，都是花，踩到哪朵也不好。花开成堆，分不清花瓣生在哪株花上。野蜂飞过来，如里姆斯基-柯萨科夫在乐曲里描写的——嗡，嗡，不是鸣叫，传来小风扇的旋转声。黑蜜蜂比黄蜜蜂手脚笨，在花朵上盘桓的时间长。我俯身看，把头低到花的高度朝远方看——花海有多么辽阔，简直望不到边啊，这就是蜜蜂的视域。蒙古人不吃蜜，像他们不吃鱼，不吃马肉狗肉，不吃植物的根一样。没有禁忌，他们只吃自己那一份，不泛吃。野蜜蜂的蜜够自己吃了，还可以给花吃一些。蜜蜂是花的使者，它们穿着大马裤的腿在花蕊里横蹚，像赤脚踩葡萄的波尔多酿酒工人。晚上睡觉，蜜蜂的六足很香，它闻来闻去，沉醉睡去。蜜蜂是用脚吃饭的人，跟田径运动员和拉黄包车的人一样。

草原的晨风让女人的头巾向后飘扬，像漂在流水里。轧过青草的勒勒车，木轮子变为绿色。勒勒车高高的轮子兜着窄小的车厢，赶车的人躺在里面睡觉，任驾车的老牛随便走，随便拉屎撒尿。黑蜜蜂落在赶车人的衣服上，用爪子搓他的衣领，随勒勒车去远行夏营地。月亮照白了夏营地的大河，河水反射颤颤的白光。半夜解手，河水白得更加耀眼，月亮像洋铁皮一样焊在水面。那时候，分不清星星和萤火虫有什么区别，除非萤火虫扑到脸上。星星在远处，到了远处，它躲到更远处。虫鸣在后半夜止歇，大地传来一缕籁音，仿佛是什么声的回声，却无源头。这也许是星星和星星对话的余音，传到地面已是多少光年前的事啦，语言变化，根本听不懂。等咱们搞明白星星或外星人的话，他们传过来的声音又变了。

黑蜜蜂是昆虫界的高加索人，它们身手矫健，在山地谋生。高加索人的黑胡子、黑鬈发活脱是山鹰的变种，黑眼睛里藏着另外一个世界的事情。他们彪悍地做一切事情，从擦皮靴到骑马，都像一只鹰。黑蜜蜂并非被人涂了墨汁，也不是蜜蜂界的非裔人，它们是黑蝴蝶的姻亲，蜜蜂里的山鹰。蜂子们，不必有黑黄相间的华丽肚子，不必以金色的绒毛装饰手足。孤单的黑蜜蜂不需要这些，它在山野里闲逛，酿的蜜是蜜里的黑钻石。

一位哈萨克阿肯唱道：

黑蜜蜂落在我的袖子上，袖子绣了一朵花。

黑蜜蜂落在我的领子上，领子绣了一朵花。

黑蜜蜂落在我的手指上，手指留下一滴蜜。

我吮吸这一滴黑蜜，娶来了白白的姑娘。

晨光在草原的石头缝里寻找黑蜜蜂，人们在它睡觉的地方往往能找到白玉或墨玉。黑蜜蜂站在矢车菊上与风对峙。它金属般的鸣声来自银子的翅膀。图瓦人说，黑蜜蜂的翅膀纹络里写着梵文诗篇，和《江格尔》里唱的一样。

后退的月亮

在乌兰扎德噶,我中止了早上跑步的习惯。所谓草原并不平坦,草下面的地势深浅摸不准,容易崴脚。跑步招狗叫。狗只见过牧区的马跑,没见过人跑,它急躁地告诫你停下来。第三是我回答不出牧民兄弟的提问:你跑什么?什么东西丢了?我不好意思说这是锻炼身体。他会问:身体还用锻炼吗?干活就行了嘛。我告诉公社的厨师,我跑步是跟美国总统布什学的,他六十多岁还在跑步,很坚强。厨师回答我,你说的这个总统我听说过,他吃饼干噎昏过去了,霍日嗨(可怜哪),他的精神不正常。

为了保持精神正常,我改为晚上走步。沿西拉沐沦河岸往东边走,月亮刚好从宝格达山顶上升起来,把路照得清清白白。

山上的月亮,称之为白嫩也是可以的。它别无所依地停在海底一般深蓝的夜空,好像拿不准要不要继续向上升。不升是对的,月亮现时的角度恰好俯瞰西拉沐沦河在夜色里的清明。河如静止，与月对望。河上漂过一片叶子，把水中的月亮从中间划开。月亮摇荡几下复原，比刚才更白。

河水在远处分为两岔，铺开犄角似的银白光带。河水浅处，微凸搓衣板似的网，拦截水里的碎银子。鱼从河面跳出来，"啪哧"一声，传得很远。同伴吉雅泰告诉我，鱼打架。我听了疑惑，鱼还打架？黑天还在打？同伴说，鱼最不是东西，特别是草鱼，爱捣乱。

夜鸟从灌木中惊醒。它们有夜盲症，没飞多远又落下，嘎嘎叫，明显在抱怨。月光照亮了沙地的蜥蜴，它出溜出溜爬，扭着尾巴。我特想踩住它的尾巴。小时候，我跟父母住五七干校，祸害过它的尾巴。这种不文明行为源于一个传说，说蜥蜴掉了尾巴自己能安上。传说造孽，蜥蜴哪有这个能耐，它又不是张悟本。

好看的是草叶上的露水。草在后半夜才结露水，透明的露珠在月光下变得莹白。远看，草披挂周身珠宝，摇摇欲坠。这哪是草？每一株都是君王，琳琅锦绣。

我跟吉雅泰走了很远的路，却见月亮一步步向后退。人往前走，月亮向后撤。你停下，它也站脚。我们绕过宝格达山，月亮退到了沙金山顶上。月亮怕人啊，吉雅泰说。

走牧区的夜路，没有什么可怕的事情发生。坏人都在城里面，这里只有纯朴的、已经睡觉的牧民。大自然也睡了，留下月亮看守天庭。沼泽里传出鸟叫，如青蛙的叫声。吉雅泰说这不是鸟，是虫子，在树上像蝉一样刮翅膀。

月色越发白净，牧民的房子看上去比白天矮了，毛茸茸的。如此明澈的夜空，看得见细长条的云彩。云彩想把星星藏起来，但星星在云后偷偷露出了眼睛。

我的精神还正常吧？我问吉雅泰。他说正常，但你不应该穿皮鞋出来，露水把皮子都漯软了。还是不正常，我心里说。

草垛里藏着一望无际的草原

草垛如同干草的房子，但里面不住人，也不住动物。这座草的房子没有厅室，没有门，也没有窗户。我在拜兴塔拉乡住的时候，把一扇没人要的旧门摆在牧民额博家的草垛上，远看草垛像一个蒙古包。额博哈哈大笑，说，你是一个热爱家的人啊。

那些日子，我没事绕着草垛散步。额博的老婆玉簪花说，狐狸才这样围着草垛转，假如有一只老母鸡在草垛里抱窝的话。

我不在意玉簪花的玩笑，她脸上布满雀斑像一个芝麻烧饼。

额博有三个草垛，它们是牧畜过冬的牧草。现在开春了，三个草垛只剩下一个，额博家的牛羊在六月份青草长出来之前靠它维生。草垛如一只金黄的大刺猬，蓬松着蹲在瓦房前。房前停一辆蓝色的摩托车，洋井上挂着马笼头。我观赏这个草垛，并不因为它是牛羊的口粮，也没想跟牛羊抢这堆口粮。我在惊异——见到草垛我每每惊异，这么多草从地里割下，一绺一绺躺在一起。草从来没想过它们会像粉条似的躺在这里吧？

我从草垛上看到一望无际的草原。草原上的草不躺着，它们站立在宽厚的泥土上，头顶飘过白云。早上，曦光从山顶射过来，草尖的露水闪烁光芒，好像手执刀剑。六月末，大地花朵盛开，像从山坡上跑下来，挥动红的、黄的和蓝的头巾。城里人习惯用花盆栽花，花在家具之间孤零零地开。草原上，大片的花像没融化的彩色的雪。花朵恣意盛开，才叫怒放。开花，只是草在一年中几天里所做的事而已。

野花夹杂在草里，和草一同嬉戏。花朵如一群小女孩，甩掉鞋子跑到了草叶身后捉迷藏。明明没有风，却看见草叶的袖子摆动。草浪起伏的节律，让人想到歌王哈扎布唱蒙古长调的气息。歌者把腹中所有的气吐尽，吸气时喉间颤动，气息沿上颚抵达颅顶，进入高音区并轻松地进入假声。这种演唱方法如草浪在风里俯仰，深缓广大，无止息。在哈扎布的演唱中找不到一个接头，找不到停顿或换气口，像透明的风，一直在呼吸却听不到风的呼吸声。

风在草里染上了绿色，它去河水里洗濯，绿色沉淀在河底的水草上。水草的大辫子比柳枝还要长，在水里得意地梳自己的辫子，散在斑杂的石子间。水草根部藏着鬼鬼祟祟的小鱼，这些泥土色带黑斑的小鱼只有人的指甲那么长，不知会不会长大。草原的深处，暗伏很多几米深的小河，有小鱼小虾。

草对于草原，不是衣服，更不是装饰。草是草原上最广大的种族，祖祖辈辈长于此地。白云堆在天上，如一个集市。如果地上没有草，剩下的只有死寂。草把沟壑填满，风里飘过一群群鸟的黑影。小河如同伸出的胳膊，上面站立白云的倒影。草的香味钻进人的衣服里，草的汁液浸泡马蹄。

草们如今成了额博的干草垛，它们一根挨一根躺在一起，回忆星光和露水。摸一下，草叶刷刷响，夏天的草发不出这样的声音。我在心里算计，这些草在草原能占多大的面积，十亩？还是五亩？算不出。只好说，它们是很大一片草。草绿时分，蝴蝶在上面飞，像给草冠插一朵花，过一会儿又插到别的草冠上。草棵下面爬过褐黄的大蚂蚁，举着半只昆虫干枯的翅膀。不远处小河在流淌，几乎没有声音，水面光影婆娑。花朵高傲地仰起头，颈子摇动。月亮升起后，草叶沾满露水，如同下河走了一圈儿。

如今它们变成草垛，变成一个伪装的房子，身边放一个油漆剥落的旧门。我像狐狸一样围着草垛转，嗅干草的香味。干草的甜味久远，仿佛可以慢慢酿成酒。

火

蒙古人不让人往火里掷石头、不许往火里泼水、不可以向火吐唾沫,他们不允许轻慢地对待火,就像人不能往自己父亲的脸上吐唾沫一样。

蒙古人认为火是生命,是神灵。

蒙古人这么想很对头,火如果不是生命,世间哪还有生命?所有的命里面——无论是小虫的命、老虎的命、人的命、树的命、云的命——最旺的就是火的命。

火的命长在身体外边,飘摇、高举、蛇的腰、热,能把人烧出油来。火除了怕水,不怕一切。我在大连中石油的火灾中得知,火可以把十公分的钢板烧成纸那么薄,把一米厚的水泥隔离墙烧成粉,把钢板管道烧得吱吱响。火,你到底是什么?请告诉我们真相。

大连的火灾让人知道,燃烧是火,不燃烧也是火。不燃烧的火藏在管道的油里,遇到氧气才现形;现形之前,它仍然是火,只是人类的眼睛看不见。它用热辐射把金属灯柱烤弯，剥夺人身上的汗液甚至唾液，这就是火。

火像花朵，是跳舞的花朵。火苗们手拉着手跳转圈儿舞，橘红的火焰镶一层红边儿，白色的火焰镶一圈儿蓝边。火的头发如烈马之鬃，火是一匹马。

用火柴点燃一张纸的时候，纸抽搐，曲折的黑色边缘收缩。火苗初起很小，火好像胆子也很小，烧大之后，火伸开腰，吞掉纸吐出灰，火随之消失。

释迦牟尼佛问弟子：火苗去了哪里？

是啊，火苗去了哪里？纸烧没了，木柴烧没了，煤烧没了，火也没了，但木柴有灰烬，火却无痕。火到底去了哪里？正如它来之前曾藏在一个地方，那个地方不是火柴盒，也不是打火机。火那么大，那么旺，没有一个地方能藏得住火。火在哪里待着呢？

旧日的油灯里有另一样火。油灯的火苗如一颗黄豆，不大不小，像一颗左右挪动的金豆子，这是儿童的火，又像安静的农妇的火。这个火不野，也不跑，它熟悉农民的脸，认识母亲缝衣的针线。油灯照过并读过许多旧时的书，现在的话叫"通晓国学"。

秋天，我在悬崖上看见一小片枯草，金黄，贴在地皮上。风往悬崖刮，我点燃这片草。正午阳光，竟看不到火苗。火苗在阳光下穿了隐身衣，而草在一瞬间变成黑色，好像黑的灰烬占领了金黄的草，黑色一直冲到悬崖边上。我觉得很神奇，像一只变魔术的手把草变没了。

一位参加过大兴安岭灭火的老兵问我：如果山下树林起火，卷到你所在的地带，你往哪里逃生？

我说逃到没起火的树林里，肯定是这样。

他说，起火天一定是刮风天，火跑得比你快。你背着火跑，肯定被火烧死。

我讥讽他：难道往火里钻吗？

他说对。凡是在山火中活命的人都是往火里钻的人。火的燃烧带只有几米宽，最多十多米宽。人用三秒钟就可以跑出十米远，跑过燃烧带，就是火烧过的安全地带。

他说得有理，越想越有道理。

大凡面迎困难的人，困难都没有人所想象的那么艰难。山火中，丧命最多的是动物。动物肯定顺风跑，它们不敢往火里钻，结果被烧死。人的聪明这时候有了用处，顶着火跑，保住了命。

暗夜里，火是乱发的武士。火好像全是雄性，全急躁，全追着风往前跑，只不过木柴和煤扯住了它的脚步。火生于大地熄于大地，火是遁形的精灵。人只可扑灭一处火，而不可能消灭火。火和水、和天空大地一样，是永恒之物。

寂静统治着山林

寂静统治着山林。早上,曦光而非太阳本身从东山洒过来,被山腰的一缕雾隔离,如罩金纱。金光到来之前,长满樟子松的山峰被横绕的雾截成两段深绿,中间是不移动也不消散的白雾。没有汽车,水泥公路显出宽阔笔直,越来越窄地消失在高处。

寂静啊,黑黝黝的樟子松一群一群地站在浅绿的、带一些明黄的草地上,有几头牛吃草,穿雨衣的牧牛人身子一动不动,转动脖子看我跑步。我挥挥手,他立刻低下头,羞涩。四周没有声音,万物好像都在用形态和色彩对话。山丘浑圆深绿长满松树,草原平坦带有娇嫩绿色,林场的红砖房顶砌着灰色的高烟囱,公路的路基两侧堆着青色的碎石。蓝天全体瓦蓝,没有灰云尘霾。在这里,万物互相注视,它们彼此打量了好多年。而电线杆子始终站在公路的北侧,始终是这样。脚下的水泥路面清晰地印着一排动物足迹,有婴儿拳头那么大。那是水泥未干的某个夜里某个动物留下的,它不知什么叫水泥,更想不到它的行踪可以永远放在这里展览。我觉得公路就应该这样,水泥刚浇筑的时候,让猫狗、母鸡、猴子和驴在上面走一走,显出生气,证明这地方不光有人,还有其他动物。土地不光属于人,还属于所有生物,再凶残的动物也不会出卖土地。地是卖的吗?地不是人和动物刚学习走路时走的地方和他(它)们死后掩埋的地方吗?怎么能像黑奴一样被卖来卖去呢?这些话,说给动物听,动物也听不懂。

山腰那条轻纱的白雾,已经降落到山脚下,更薄了,好像一条棉胎被灌木丛刮烂了。太阳升达山巅,大地现出庄严。白桦树干染上金红色。它们刚刚还像拥来挤去的少女,现在像一队谛听唱诗的男童,面对上帝,神色虔诚。

阳光如万道金蛇从草叶下面爬向远方,这种金里透红的绿,如上天把珍贵的颜料不小心泼在这里,纯而鲜艳,让人不敢上去踩一脚。上帝就这么慷慨,每天都把万丈金光洒下来,第二天还洒,毫无吝惜。在森林和草地才能看到这样的金光,对浑浊的城市,太阳只给了一些光,而没有金光,因为那里没有森林和草地。那些柔软的小草、清澈的小溪和可怜的动物的背后都有一个大力量为它们撑腰,它叫道。

在这里,最深的印象是静,正如最多的色彩是绿。草太深了,一尺多高,把小河汊子都藏了起来,听不到什么机器车辆的轰鸣,也没有大到高音喇叭小到MP3的噪音。

草站在那里，树站在那里，山不曾移动，让人觉得这是一幅静态的画。

然而，大自然发生过一切事，生生息息，却像什么都没发生。太阳出来之后，露水消失了，草在风里前仰后合，弄出有深有浅的漩涡。水泥路上，一只大甲虫自负地向前爬。我看它，它站下来，好像要跟我比一比。我比不过它，我背上没有孔雀绿的荧光壳，没有精致的六足。小鸟低飞下来，钻进草里不见了踪影。林中突然飞出一群鸟，在空中打旋尖锐啼鸣。桦树叶还在风里抖动，像女人在风中扯紧领口。大自然从来没停止过脚步，它的语言不是声音是生命。

燃灯人

那些铜碗亮了，从里面亮，像菩萨手拢一朵莲花。莲花扑扑跳，涌出红的花、橘黄的花。铜碗对着灯芯笑，转圈儿看火苗的头顶和火苗的腰。一念长于千古，佛灯融化了时光。

燃灯人缓缓走过来，点亮灯，一盏一盏。酥油捻子遇火露出一张红通通的脸，它见到了熟悉的燃灯人。燃灯人的皱纹也像莲花瓣，额头三道纹代表水，智慧海上莲花渐次开。他的瞳孔回映两朵更小的火苗，也在跳，与灯对视。紫檀香的木佛像，笑容似有若无。佛超越了苦，自然无所谓乐与不乐。乐比苦更短暂，短暂就不要执着了，执着也不到手里。人手心的皱纹比脸上更多，手心从小就有皱纹。它抓东抓西，什么也抓不住。摊开手，是让上天看到你什么也没有，天给你一些宁静。

紫檀木的香味像骨头的香，钻进鼻孔还往里钻，一直趴到骨头上。酥油也有香，它在燃烧中混合了空气，似昙花开放在木鱼的敲击中。雪白的昙花开在夜里,密集的花瓣挤出一张张脸看世界。世界不结实,转瞬变幻。昙花比时间走得更早,刚绽放就召回了花瓣,它们对周遭只看了一眼。一眼就够了,万物越看越虚幻,第一眼最真实,后来所见,早已不是它了。所谓六根,眼最欺人。

　　燃灯的人早晚各走几百步,走走停停,停下就有一盏灯亮。他的脸被佛灯照亮一万遍,如同过了生生世世。海潮声传过来,那是螺号伴随诵经之音。你感觉声音真是一道波,没见到风,波却扑到脸上,从汗毛眼钻进心里,到心里又去什么地方就不清楚了。梵语和巴利语的经文像听过,记不住多少年前听过,也许是在一千年前。经所说非意,而为义。而"义"也不可详解,顶多算从耳朵往心里放一块玉,让热辣的心凉快一下。喇嘛闭目诵经,他们诵一模一样的经文,为什么呢?盏盏酥油灯在佛前开成一个花池,夜色是无边的海,露出灯盏的岛。灯的岛把花开出来,照亮一张张宁静的脸。脸们本来追求物质,可是物质不坚固乃至不存在,转而求安慰,安慰也是对来世的铺垫。此世之人谁都没见过来世,证明不了来世,来世未必比此世好。盼来世没有农药和谎言,没有PM2.5和隐瞒,没有户口和拆迁,有没有钱都算好世道。油灯照不干脸上的泪痕,油灯让心驻在一小朵跳动的火苗上。火苗像开口说话,欲言又止,像不说了。众所周知,佛灯跟谁都没说过话。

　　灯慢慢跳着舞,酥油反射白亮的灯影。灯芯爆出一朵花，像宣布一个消息。佛灯开的花，蒙古语叫"zhuo la"——卓拉，多好的词语。走到灯前，跟卓拉相见是幸运的事情，好像佛跟你笑了一下。灯花一爆，是你跟佛照的一张合影。

沙漠里的流水

　　勃隆克沙漠如山丘一般有峰有谷、有沙坡和悬崖，全是沙。站在沙的悬崖上，人可以往下跳，甚至头朝下鱼跃冲下，身体毫发无伤。沙子比人的身体还软，用它的软接住你，缓冲力量，人跳了悬崖之后还是人。人摔在比身体坚硬的物体上，身体进而物体不进，人落沙子上是沙进，人还是完人。仔细看，砂粒实为坚硬的半透明的晶石，不规则的晶石之间的空气与间隙，缓解了力。

　　行走在沙漠的峰峦，像走在鲤鱼的脊背上。沙漠顶峰有一道曲折鲜明的分界线，如同阴阳面。风把沙曲折地堆在顶端，沙子显出金黄的着光面和阴影。站在沙峰上看，左右峰峦线条柔和，没有树，一只鸟飞过，在沙漠拖下鸡蛋大的阴影。在沙漠待着，耳朵有点闷，如飞机落地前那种闷，耳朵不适应太静。在有泉鸟的山里，人感寂静，耳底实有泉流和鸟鸣的低回，只是人注意不到。沙漠真是空寂，什么声音都没有，耳朵反而嗡嗡响。静，原本以喧闹为根基。不喧闹耳朵自己闹，它变成自鸣钟。

沙峰的谷底有一条溪流，边上一溜金红色的柳条，流水在柳条的生长路线断断续续露出身影。

沙漠里有流水？这好像是大自然撒的一个谎。走到水边，用手捧起水，清亮，凉，才知道水的真实。沙漠里怎么会存水呢？所有的水不都会在沙漠上迅速漏下去吗，这里怎么会有流水呢？河床用坚硬的淤泥和石头兜住了流水，沙子能吗？我用手掏溪流的底部，仍然是沙子，但坚硬。我觉得不能再掏了，再掏就漏了。

水在沙漠上比金子还贵重。柳条用枝条隐蔽水的身影，如果不遮挡，会有人上这儿偷水吗？这些水以微微颤动代替流淌，一尺多宽，有的地方只剩两指宽。水的底部铺着大沙粒，还有躺直的草。

我顺着河走，踩坍的沙子堵住一些水流，如破坏者。再走，这道水钻进地下没了。怎么会没了呢？我以掌做挖掘机，掏出一堆湿润的沙子，却不见水流。或者说，水流着，一头栽进了地心。它到地心去干什么？好像不符合流水的常态。水惯于地表流淌，并不会突然失踪。

在谷底走，约走五十米，水抬头冒出地面。地面又长出零零星星的柳条。宋代有歌谣：凡有井水处皆咏柳词，柳乃柳永柳三变。此话在这里可改为：凡有柳条处皆涌流水，水乃沙漠流水地下水。

我觉得它们不是一般的水。对，它们肯定不是平凡的水。庸常之水在这里早漏下去了，怎么可能往前流呢？我捧水尝尝，还是水味，没尝出河味；再尝，有一点柳树的苦味。喝过此水，必也延年矣。可是，刚才断流入地的水，为何会挑头冒上来呢？似乎不合重力定律的约束。对大自然，人不明白的事太多了。

我跟着流水走，又见到惊喜。在一巴掌宽的溪流中，游着两条小鱼，火柴那么长。小鱼像沙子那样黄，半透明，露着骨骼，但没刺。鱼甩一下尾巴动一下，眼睛是两个黑点。除了飞过的那只鸟，小鱼是沙漠里唯一的生物。当然我也是生物，眼睛比鱼眼大，不会飞。我把小鱼团到手心，像个坏人那样想：它长到餐桌上的红烧鱼那么大要多长时间？把鱼放回水里，另一条急忙趋近它，像询问它受伤没有。

沙漠有水流过，像大自然的谎言。大自然偶现诡异，但不撒谎。它让沙漠里有水，有鱼和柳树，这是一个生态系统。再往前走，我见到了壁虎似的蜥蜴。再往前，水面宽了，游着不一样的鱼，水边出现几朵野花，有一只野蜂飞过，一条蜥蜴跳进水里……

小马蹚水

草原上多数河流都浅,卵石、草和水蛇在水里很清楚。河水慢慢地流,近乎不流。摘一片树叶扔上去,才看出水的移动。河也许在午睡,做梦或回忆往事。

马群跑过来,水花像银子泼向空中。一匹小马驹在岸边犹豫,不敢下水。它不知水是什么,害怕。小马往河东边跑,转回来往西边跑,望着对岸的马群焦急。它的母亲并不像我想的那样,在对岸伫望,没有。马群中看不出哪一匹是它的母亲。

小马慢慢下水,腿抖,侧身横行,有几次差点滑倒。接着,它跑起来,抵岸,追远去的马群。

琥珀对松树的记忆

人在黑松林里走,像蚂蚁在青草里面走。所有的松树都比人高出许多,树冠可以望到比你看得更远的地方。紫色的苜蓿花从山顶的岩石倾泻下来,只给老鹰留下一点站脚的地方。

用手摸这些松树,鱼鳞般翘起的干树皮扎你的手。掀开松树皮往里面看,里面是雨水浇不到的红色质地。我看有没有蚂蚁爬进去,最好有两个蚂蚁摔跤被我看到。在松林里一路走下去,就这么用手掌抚过松树,一会儿,手心沾满松香,透明的黏液从树身的什么地方淌下来,琥珀色。动物分泌麝香,树只分泌松香。松香仿佛是松树留下的记忆,关于潮湿的夜、鸟啼和清新的空气的记忆。把记忆留在体外的只有松树。

松香的液体里有小虫子的尸体。这是松林里最小最软弱的虫子,连翅膀算上比小米还小,凝固在透明的松香里。我几乎想到了几亿年后有一片琥珀装帧着小虫子的化石挂在墙上，于是我想象有大蝴蝶昏迷在松香上。松树分泌更多的、重约一两的松香，包裹着大蝴蝶。松香完好保留了它翅膀上的眼睛和六足的绒毛，那就是一个很好的工艺品了。不过看到的人是一亿年后的人类。那时候人类有没有眼睛还都两说着。

松林中最喧闹的是鸟雀，不过那是在早上。阳光才出来，鸟雀已经分成两派，好像争论太阳出还是不出。阳光普照之后，鸟噪止息，可能是认为太阳不出那一派的鸟儿飞走了。松林寂静了，静得让人想数一数落叶松掉了多少根松针。我确实想数落叶松脚下褐色的松叶。有人说我患有强迫症，这就是一个最强有力的证据。松针像一盒火柴撒在了树下，但不整齐。如果不下雨，落地的松针经过阳光曝晒，竟是金色的。远远看，那种金色激发人的惊喜之心——包括儿童在内的人类，见到金子都会扑过去——它明晃晃地耀眼，撒在树下，那时候，松树十分尊贵。

松树的尊贵不是没缘由的，它知道自己是怎么回事。岁寒而后凋只是它品格的一方面。笔直的松树有别于弯曲的杨柳，亦有别于笔直的杉树。它的直里包含着坚劲。直者易折，但松树不在此列。它直而韧，直而有香。我喜欢闻到松树散发的松香味，虽然这常常会让我联想起小提琴的弓子，但我提醒自己世上先有松香后有提琴，二者不可混淆。我觉得松香是松树想说的话，凑巧被我听到。

星星在松树头顶飞翔，似越飞越高的白色蝴蝶，夜空的蓝色如同透射在深海之下的天光。松树的土里混合了几万年的气息，腐熟的枝叶烫手，如同森林家族刚刚端上来的饭菜。没有鸟儿在松林里迷路，也没有鸟儿在松树上撞昏过去。松林的落叶记录了昆虫的脚步声和田鼠的脚步声，这一切都留在松香或琥珀的记忆里。

琥珀好像是一块透明的黄金，或者说是一块走错了方向的黄金——本该是矿物质，它却错走在植物的道路上，变成化石。琥珀像猫的眼睛。我的意思是说，人在胸前或手上戴一块琥珀，会变得警觉或机灵。琥珀好像跟蜜蜂有神秘的关系，其实没关系。琥珀像干邑白兰地酒浆，酒总能给一切好东西找到归宿。

自从我在一块琥珀里见到虫子的化石后，希望每一只虫子都留在琥珀里，变成化石，这样就能很好地保留它们精致的翅膀手足和小而凸出的眼睛。美国诗人查尔斯·赖特在《南方河流日记》里说——"那些虫子多叫人羡慕啊。它们熟悉通往\天堂的路，熟悉用光亮捕捉我们的\闪烁的丛林之路\熟悉虚空之路。\一个八月又开始了，模仿去年的八月\那么多赤裸裸的岁月\躺在如水的天空下\夏之声到处可闻。"

松树是群居的植物。它们站在泥泞的砂土里，雨滴如同松针耳垂的露水。大雨打在松树每一片鳞皮上，好像往树身砸铁钉子，把它们的簑衣变成铠甲。在阳光普照的时候，松树依旧缄默，它说的话被鸟儿说尽了，鸟儿飞远。当松树最终消失之后,是谁手里拿着一片琥珀?里面有小虫和失去了香味的松香,里面有松树转瞬即逝的身影。

图瓦大地

谁在夜空上写字

夜里，登上汗乌拉山的山顶，风吹石壁，仿佛已经把山推出了很远。站在山上看远方的星空，如平视墙上的一幅地图。夜空像百叶窗一样倾泻而下，不用仰脖子。这样慢慢看就可以了，先做的事情不是辨寻猎户座在哪儿，以及牛郎织女星的位置，它们跑不掉的。先看夜幕有多大，这像一只蚂蚁探究沙漠有多大。大地之上皆为夜空，眼前的不算，夜从头顶包围到我身后。转过身，夜又从头顶包围到我身后。这么大的夜，却不能说是白天变黑了。我宁愿相信白天和黑夜是两个地方，就像大海与森林不一样。

流星划下，由天穹划入霍林河方向。我以为它落地三四秒后会发生爆炸，起火，照亮那一小片地方。但没有，我在心里重新数了三个数，还是没有。流星也不一定诚实，或者它掉进沙漠里了。科尔沁的沙漠漫无边际。在流星划下那一瞬，我觉得有一个高大的神灵在夜幕上写字，刚才他只写了一撇，他的石笔断了一个碴，化为流星。为什么是撒呢？他可能想写人。人没意思，神怎么会写人呢？他不一定写汉文，天神写字最有可能写回纥文。这是神奇的文字，催生了藏文和蒙古文。它的字形更接近自然，像木纹、冰纹或绳索的纹样。

面对这么一幅夜空，难免想在上面写写画画。汗乌拉山顶的灌木如一簌簌生铁的枝叶。风钻进衣服里，衣服膨胀为灯笼。夜色最浓重的部分由天空滑落并堆积在地平线，那里黑重，堆着夜的裤子。夜在夜里裸露身体，否则谁也看不到星星。夜只在傍晚穿两件衣衫，入夜便脱掉了。没有人能在夜里看清夜的身体。横卧的银河是天河的身体，夜在澄明中隐蔽。虽然有光，夜在光里交织了无数层纱幔，黑丝编造，细到了纳米级，让人的视力不管用了，兽眼管用，但兽对夜不起妄心。风吹到山顶后变得无力，软软地摊在石头后面，往下走几步，便感觉不到风的气流。河流白得不像河了，如一条蜿蜒的落雪地带，雪花满满地堆积在河床。

天比地好，它不分省市县乡，我眼前的夜空应该比两个县大，但它不说自己属于哪个县，也不设天空的县长。以后官不够当了，也许会在天上设省和县，让后备干部先当天上的省长和县长，慢慢过渡。夜空上面的群星，我以为跟星座什么都无关系。把星星拟分为星座，不过是人类的臆想。星星是密码，是航标，是人所不辨识的天的文字。人类从古到今所看到的星空只在一个角度，是扁平的对望。而进入夜空，譬如上升到 100 万公里之后看星星，看到的就不是什么大熊星座、猎户座了,序列全变了。星星像葡萄一样悬挂在眼前,在运行中变换队伍,传达新的密码。星星把地球人管它们叫大熊星座当成一个笑话。近看,星星有粉色、蓝色和地球人没见过的颜色。地球人离星星太远,星星仿佛是白色,实际这仅仅是光亮。正像灯光所发出的光,与白无关。

群山在夜里隐藏得最好,巍峨陡峭。这些外貌全被夜色藏了起来,山的轮廓变矮,只是稍稍起伏一下作罢。山坡的树终于变成跟山同样的颜色。月亮照过来,树林的叶子竟白成一片,像漂在树顶的河流。山石变成灰色,山上的泥土变成黑色。枭鹰的叫声如同恐惧于这样的寂静。风再次吹来,仿佛我是麦子,把我一吹再吹,让我成熟。我想如野兽一般从风里嗅到五十里外其他野兽的气味,但嗅不到,只嗅到苔藓的腥气。谁忍心和这么大一片星空道别?星星眨眼、荡漾、飘忽、航行。在无人的夜里,在山顶对星星打什么手势都被允许,与它们对话却显得徒劳,太远了。看一会儿,我大体的想法是星星散布得不够均匀。一是头顶少、四外多。二是东南少、西北多,窜一窜不行吗?远方的河水只白不流,如果走近,见到月光拦腰横在河面上,不让流。我知道狐狸、獾子、狍子在树林里活动,那里很热闹。又有流星一头栽到地面,太快,没看清这只流星多大个,也看不清它落到了哪个地方。天上又有人写字了,折断的石笔头落在人间,它写的字在哪儿呢?

松　塔

　　松树像父亲，它不光有朴厚，还有慈父情怀。松树的孩子住得比谁都好，小松籽住在褐色精装修的房子里，一人一个房间，人们管它叫松塔。

　　松塔与金字塔的结构相仿，但早于金字塔。人说金字塔的设计和建造是受到了神的启发，而松树早就得到过神的启发。神让它成为松树并为子孙建造出无数房子——松塔。

　　在城里的大街上见到松树，觉得它不过是松树。它身上的一切都没有超出树的禀赋。如果到山区——比如危崖百尺的太行山区——峭岩上的树竟全都是松树，才知松树不光"岁寒然后知松柏之后凋也"，凋不凋先不说，只觉得它们每一株都是一位圣贤，气节坚劲，遍览古今。

　　或许一粒松籽被风吹进了悬崖边上的石缝里，而石缝里凑巧积了一点点土，这一点土和石头的缝隙就成了松树成活五百年的故乡。事实上，被风吹进石缝里的不光有松籽，各个种类的树籽和草籽都可能被风吹进来，但活下来的只有松树和青草，而活得卓有风姿的只剩下松树。

松树用根把石缝一点点撑大，让脚下站稳。它悬身高崖，每天都遇到劲风却不会被吹垮。我想过，如果是我，每天手把着悬崖石缝垂悬，第一会被吓死，第二是胳膊酸了松手摔死，第三是没吃的东西饿死，第四是被风成木乃伊。而松树照样有虬枝，有凛凛的松针，还构造出一个个精致的松塔。

松塔成熟之后降落谷底——以太行山为例——降落几百上千米，但松籽总有办法长在高崖，否则，那崖上的松树是谁栽的呢？这里面有神明的安排。神明可能是一只鸟、一阵风，让松籽重返高山之巅成为松树，迎日月升降。

每一座松塔里都住着几十个姐妹兄弟。原来他们隔着松塔壳的薄薄的墙壁，彼此听得见对方梦话和打鼾。后来它们天各一方，这座山的松树见到另一座山的兄弟时，中间隔着深谷和白雾。

像童话里说的，松籽也有美好的童年。第一是房子好，它们住楼房，这种跃层的楼房结构只有西红柿的房间堪与媲美。第二气味好，松树家族崇尚香气，它们认为，大凡万物，味道好，品质才会好。于是，它们不断散出清香，像每天洗了许多遍洒精油的热水澡。松籽的童年第三好的地方是从小见过大世面。世间最大的世面不是出席宴会，而是观日出。自曙光初露始，太阳红光喷薄，然后冉冉东升。未见其动,光芒已遍照宇宙,山崖草木,无不金光罩面,庄严之极。见这个世面是松树每天的功课,阳气充满,而后劲节正直,不惧雨打风吹。松树于草木间极为质朴,阳气盛大才质朴,正像阴气布体才缠绵。阳气如颜真卿之楷书,丰润却内敛,宽肥却拙朴。松树若操习书法,必也颜体矣。

松塔里垒落着许多房子,父母本意不让兄弟分家,走到哪里,手足都住同一座金字塔形的别墅。但天下哪有不分家的事情?落土之后,兄弟们各自奔走天涯。它们依稀记得童年的房子是一座塔,从外观看如一片片鱼鳞,有点像菠萝,更像金字塔,那是它们的家。小时候,松籽记得松树上的常客是松鼠,它仿佛在大尾巴上长出两只黑溜溜的眼睛和两只灵巧的手。松鼠经常捧着松塔跑来跑去。

月光下,松塔"啪"地落地,身上沾满露水。整个树林都听到松塔下地的声音,它们在房子里炸开了,成为松籽。从此,松籽开始天涯之旅,它们不知自己去哪里,是涧底还是高山,这取决于命运的安排。它们更盼望登上山巅,体味最冷、最热的气温,在大风和贫瘠的土壤里活上五百年,结出一辈一辈的松塔,让它们遍布群山之巅。

谁在水面倒立起舞

褐色的伊犁河从西岸深绿的松林中奔腾流过。山坡上,三位盛装的哈萨克人弹着冬不拉走过来,这是一个仪式,欢迎外来的游客。我一直在看穿红色金丝绒裙子的哈萨克姑娘的帽子,她的帽子上插一根漂亮的羽毛。他们边走边唱歌。

我们唱歌要羞涩一番,好像这是见不得人的事。要扭捏、站起、坐下、清嗓子、假装咳嗽。这一套烦琐的程度是在等待心灵解码,找钥匙把那把羞愧的锁打开才唱。哈萨克人开口就唱,歌声急着从他们肚子里跑出来。唱歌时,他们的表情那么平静,像松树和白云一样平静。河谷里长满了白桦树和松树,树的脚下是大朵的野芍药花,花像兔子贴着地皮飞跑,到处都是它们白色的影子。高山的后面还是高山,正像松树的后面还有松树。茶褐色的伊犁河打着旋儿奔流,就像右面那个四五岁的哈萨克小姑娘,她在乐声里往前跑,跑三步原地转一个圈子,如查看身后有谁站着。河水就这样转着圈儿流淌。也可能河水听到音乐声之后才这样旋转流淌。看到这些，哈萨克人要开口唱一唱。好在哈萨克人有足够的歌曲唱。他们的祖先早就猜出来后代爱唱歌，因为高山和草原太美好了，给他们发明创造了很多歌。发明歌其实比发明电灯电视都重要，我越来越感到电灯电视很不重要，基本上是多余的东西。它们都是电能驱动的，让电回去吧。别在人间瞎闹了。干什么不好，你点灯点电视干吗？让电回到发电厂，回到风里煤里和水里，没有电灯的夜晚不叫黑暗而叫宁静。

哈萨克人唱歌。他们长着天真的眼睛，黑粗的手和黑红的脸都不妨碍他们眼神的天真。他们像两三岁的儿童站在母亲——这自然是草原——面前唱歌，仿佛不知道自己在唱什么。人在高天之下唱歌，不可能挤眉动眼，也不会使用所谓手势。这就像人在教堂里唱歌不能飞眼与乞求掌声一样。他们唱歌的时候，山坡上聚集了许多哈萨克牧民，他们等待叼羊表演。这几十个人当中有一半是儿童，哈萨克人的生育率很高，一半人能生一半人。这些儿童的手脚特别是腰没有消停过，他们一直在跳舞，跳哈萨克民族舞蹈。一个两岁多刚会走的女孩子两手掐腰，抖着肩，一动一动地弯下腰，又一动一动地抬起头，向后仰，一直仰到用眼睛看不到我们了，再抬起头。她的动作受到冬不拉的节奏控制，而且她完全没想过一个问题：什么时候停下来？假如这个弹奏三角形阿拜冬不拉的男人疯了，一直弹下去，这个女童的腰就永远弯过来，仰过去，掐腰抖肩，像一株在风中摇摆开红花的灯心草。女童的对面是一个男童，四五岁，她的舞伴。他跳另一种样式的舞，举起双手，像模仿鹰的飞行。看过去，这里的孩子们都在跳舞。不跳舞的矮个子生灵只有一只小白狗，它傻傻地看小孩跳舞，目光羡慕。它看一阵儿，转圈儿跑一阵儿，毫无道理地咬草。它在恨自己不会跳舞，尤恨自己不会向前并向后弯腰的舞蹈，还是当人好啊，这是我替小白狗说的话。但人和人不一样，我比小狗更惭愧。我想了想我会啥，其实不会啥。会的一两样东西也没啥大用，不及两岁学哈萨克舞蹈，跳一辈子。

我忘不掉哈萨克儿童跳舞那一幕，青草在他们脚下生长，他们背后是灰色的浓云，阳光却明亮地洒下来，草的缝隙里透出黑黑的泥土。

几天后，我在喀纳斯的禾木河边又看到了跳舞的哈萨克孩子。他们在河岸边上跳舞，河水里倒映着孩子们跳舞的身影。我索性不看岸上的孩子，看他们在水里的身影。孩子们快乐地蹦蹦跳跳，一个戴白帽子的男孩弹奏一只椭圆形的江布尔冬不拉。孩子们的胳膊在水波里伸展，他们的身影和蓝天一同印在水面上。看水里的舞蹈者，腿最可观，一蹦一蹦像踩着天。一只树叶漂过来，足以扰乱他们的身影。水面上飞过白鸟，青山在水里只剩下清清的一线。水面静下来后，孩子们还在河面倒立舞蹈，他们捏着腰，抖着肩膀。河水用轻柔的波纹一下一下地摸他们的脸。

挽套的马铃

两匹马的马车从风雪里跑过来。风把雪从地面刮到天上。远处没有路,四处都没路,只有雪团。风雪里出现一挂马车让人奇怪,两匹马从雪团里一点点露出来,好像演员刚刚上场,不需要路。

一匹雪青马从脖颈撒下黑鬃。它是小马,它站定后,眨着长长的白睫毛——睫毛上结满霜,我越发觉得它是一匹小马。儿童从风雪里跑回家就是这样的表情,只不过儿童的脸蛋更红。小雪青马鼻子里"咻咻"地喷白气,从鼻孔分成两溜,消散在风里,它的鼻孔也结了毛茸茸的白霜。我想小马可能在笑呢,可是怎样才能从马的脸上发现它的笑容呢?它的眼角并没向上拉起来,也没露出牙齿。眯眼和露牙只是人类发笑的模式,动物(也许包括植物,但不包括花朵)都在心里笑呢。笑的时候,马低下头去,但地上并没有草。马在笑,为一件马认为可笑的事情发笑。马会因为什么事发笑?风雪刮过、树没了,更可笑的是山也没了。马想起这件事就想笑，它见到低矮的山杨树在风里张牙舞爪，然后消失，而山杨树背后的远山溜得更快，近处和远处只剩下纸屑一样的雪片在风中旋转，雪片似乎不愿意落地，发疯似的旋转。刚刚落地，又被卷起。

　　小雪青马的背上挂着水珠，毛成绺。尽管你愿意把这些水珠看成马的汗珠，但它是融化的雪。雪花如一条白毯子盖在马背上，这些毯子全都化成水与马的汗混合在一起。雪花落在马的前额上化为水，落在它的脖颈上化为水，流在挽套的铜铃上，铃声清脆。

　　雪青马的伙伴是一匹栗子色的马，它的蹄子雪白，好像站在雪里。马的脖颈有白花斑，好像绣上几只白蝴蝶，但看不到翅膀。栗色马也有浓密的白睫毛，因此也是小马。它尖尖的耳朵竖得笔直，似乎在等待远方传来的金丝鸟的啼鸣，耳里的绒毛也结了白霜。这两匹马并排站着，它们发达的、弓形的颈部浑如浮雕，它们不眨眼，白睫毛可以挡住连下一天一夜的大雪。我们却睁不开眼睛，风打在脸上如同针扎。

　　我和宾图毕力格去布里亚特人的毡房，我登上马车，坐在拱形的黑毡子制的车篷里。这是宾图毕力格的马车，他在车篷的门帘上缝了一小片胶制水晶片，像玻璃一样。我看见两匹小马颠颠并排跑，我看不见前面有路，小马好像也不看路，不东张西望。小马跑着，布里亚特人的毡房在它们的内心地图上早有标记。也许，这两匹马在奔跑中需要商量一下布里亚特人所住的位置，用喷嚏商量。雪青马打一个喷嚏并摇晃一次挽套的铜铃意思是一直走就到了，栗色马打两个喷嚏表示要在大柳树旁边向右拐弯，是不是这样？最知道布里利亚人毡房位置的是宾图毕力格，他被风吹得转过脸，像用鼻子闻车篷的黑毡子的膻味，他痛苦地闭着眼睛。我感到自己不道德，却也不能为了道德坐在马车外面和他一起闻黑毡子味。

车篷里有两件羊皮大衣，我铺一件盖一件。我躺在羊皮里，伸直腿，想象我是一具死尸，宾图毕力格正把这具尸体拉到冰湖里掩埋——把冰凿个洞、把我像栽葱一样放进去，饥饿的鱼儿围着我跳舞。这么想，我心情好多了，不觉得他挨冻有多么痛苦，至少他不至于被喂鱼。

我们走了很长时间，时间在风雪里过得比较慢。车篷底上积累了一层白雪，这就是时间。两只小马挽套的铜铃一直在响。每道马的挽套上系着十几只铜铃，哗哗响着。两个挽套的铜铃哗哗响，像铃鼓那样响。仿佛车篷外面有两个印度女人在跳舞。在她们身旁，蛇站立着吐出信子迅速收回，一尺多高的火苗模仿蛇与印度女人的样子跳舞，向上舒展并朝左右伸缩肩膀。这样想，我似乎嗅到了天竺香的气味，里面有令人头晕的矿物质。这样一来，更容易忘记宾图毕力格在风雪里赶车。

宾图毕力格既然不看路，为什么还要坐外面呢？我建议他坐进来，马车即便不去布里亚特人的毡房也没关系，

图瓦大地

宾图毕力格哈哈大笑，说没有马车夫的马车在风雪里行走很不好看。我说没人看啊。他说马虽然不回头看，但马会瞧不起他。

两小时后，我们到达布里亚特人的毡房，主人头上戴着尖尖的灰帽子，他们的女人穿的绿缎子蒙古袍上有滚边大翻领，他们的脸上带着谦恭的笑容，邀请我们进入毡房。两匹小马愉快地摇头，铜铃哗哗响，布里亚特男主人把两件羽绒服盖在马背上，卸下鞍具，牵着两匹马在风雪里遛一遛，让它们落汗。

他笑呢，笑容被下面的人用大叉子上举的干草捆挡住了，密密麻麻的干草捆垛在马车上，都是在车上笑那个人码的垛。金黄的干草垛在马车上，车辖辘已被下垂的草叶遮盖。而辕马居然还站着，它好像应该被压趴蛋才符合逻辑。辕马和三匹稍子马站在干草高耸的马车前，好像站在一座草垛前。好像牵着四匹马来到一个草垛边上，一挥鞭子，草垛就被拉走了，并不需要车与车辖辘。

这是草原，牧民把割下晾干的干草拉回家。地上暴露整齐的、已干枯的草的茬口，比谷茬更细小。秋天的秋云层层叠叠铺在天空，像叠好的被垛坍塌了。秋天的地平线比夏日下陷了两个指头，村里的房子也小了，因为秋天的大地过于广阔。如果草原的草色染黄又带绿色，大地会显出荒凉。如果天上堆着铅锭色的乌云，草色黄得特别好看，闪出耀眼的金色的光芒。乌云低垂，枯草却放射金色光泽，这也是奇怪的事。有时候，乌云下的光线十分强烈，这在牧区算不上奇怪的事。

干草装车不是轻松活计。一捆长长的干草，二十多斤，用叉子叉起来举过头顶，嗖地让车上的人接住，力量还要用巧劲儿。我看见送草和收草的人都在笑，好像这件事太好笑了。我看了又看，这件事哪里好笑呢？后来我笑了，我思考他们为什么发笑这件事就好笑。固然可以用"劳动者是快乐的"这句狗屁话状之，但快乐和幽默是两回事。可能是，车上的人每次都觉得车下送草的人送不上来，草越垛越高，但叉草者每次都把草举了上去，仿佛劲儿还有余裕。车下的人仿佛等待车上垛草的人不周密使草垛坍下来。但车上的草垛并没坍，于是他们笑，大笑。他俩其中一人的老婆扎着红三角头巾从地里把草捆抱过来，无表情地看他们，像看两只猴子上树下树。

别人干活，你不帮忙却远远地看，有点儿不那个，但技术活你想帮也帮不上忙。我继续在草原瞎溜达，秋天已经降落到草原，它把金黄的翅膀铺在草地上，让牛踩着经过。秋天这只大鸟的羽毛是远远的树，一根根立在地上，在风里抖擞。好多草变成了红色。红色又怎么样呢？不能炒食也不可泡水喝，白红了。如果有一片草场地势渐高，取代了地平线。你就会看到金黄的草铺上了天的半空，金黄把蓝天切割得越来越窄。这些草仿佛已不再是草，成了一步登天的礼物。而我，闻到躺在地上的干草捆的气味，嘴里翻涌出甜味，如同我是一只羊。我看到牛羊慢慢地咀嚼干草，嘴边冒出沫子，我会跟着咽唾沫。甜肯定是甜，尝尝青草就能尝到它的甜味，干草还有香气。装干草的仓房里藏着隐蔽的香气，淡淡的，有一点点甜，主调是纯净的植物香气。人体发不出这样的香，人哪有草干净？我偷着嚼过干草，牙不行，嚼不烂，因而尝不到只有牛羊才配享受的美味。

转回来，那辆装干草的大车已不在原地，它晃晃荡荡走在公路上。扎三角红头巾的女人和叉草的男人坐在草顶，赶车的人埋在草里，四匹马打开自动挡随便行驶。女人和男人坐在草上摇晃的节律一致，主要是脖子带动脑袋晃，屁股很稳地坐在草里。他们脖子的动作不约而同，而脸上均严肃，这才是最好笑的情景。他们自己看不到，被我看到了。他们坐在那么高的草上，不怕掉下来吗？可能这是他俩严肃的原因。黑色的柏油路走过一辆装满干草的大马车，摇摇晃晃，如果是希施金，是柯罗或画白嘴鸦的列维坦也许会画下这幅场景。那个女人的三角头巾真是好看，像藏在麦秸里的旗帜。男人的绿色的短袖衫也好看，色彩沉着。他戴了一只系带的软檐遮阳帽，像澳大利亚士兵。他们的脸庞紫红，太阳放射的紫外线被他们吸收了不少于亿分之一。只有在熟食店的强光下才见得到这么红亮的色泽，如肘子，如他们的脸。

"红啊、红的檀香木啊。想啊、想念堆成了满满的湖水。洪连长哥哥。"

车上的人没张嘴,这是赶车的人唱的蒙古歌。这首哲里木民歌是情歌,说一个女的想念一个人。她也搞不清这个人叫什么名字,一会儿说洪连长,一会儿说哥哥。歌的后面,她把为洪连长哥哥缝制的红坎肩放进火里红红地烧掉了。这女的真生气了。我喜欢这首歌,说爱有爱,说恨有恨,都是真的。歌的节律适合于晃荡,我在网上看一位哲盟歌手苏亚拉坐在一把椅子上唱这首歌,边唱边晃身子。干草的大车占满了柏油公路,它晃着走远了,车上的金色和草原的金色融为一体。

他乡月色

我越来越想念图瓦,三年前在图瓦我就想到会想它。

国宾馆是一座安静的三层小楼,靠近大街。大街上白天只有树——叶子背面灰色的白杨树,晚上才有人走动。人们到宾馆东边的地下室酒吧喝酒。我坐在宾馆的阳台下,看夕阳谢幕。澄澈的天幕下,杨树被余晖染成了红色。你想想,那么多的叶子在风中翻卷手掌,像玩一个游戏,这些手掌竟是红的,我有些震骇。大自然不知会在什么时候显露一些秘密。记得我在阳台放了一杯刚沏好的龙井茶,玻璃杯里的叶子碧绿,升降无由,和翻卷的红树叶对映,万红丛中一点绿,神秘极了。塞尚可能受过这样红与绿的刺激,他的画离不开红绿,连他老婆的画像也是,脸上有红有绿。

图瓦的绿色不多,树少。红色来自太阳,广阔无边的是黄色,土的颜色。有人把它译为"土瓦"。我年轻时听过一首曲子,叫《土库曼的月亮》,越听越想听。后来看地图，这个地方写为"图库曼"，就不怎么想听了。土库曼的月亮和图库曼的月亮怎么会一样？前者更有生活。象形字有一种气味，如苍山、碧海，味道不一样。徐志摩一辈所译的外国地名——翡冷翠、枫丹白露，都以字胜。

图瓦而不是土瓦的月亮半夜升了上来，我在阳台上看到它的时候，酒吧里的年轻人从酒吧钻出来散落到大街上，在每一棵杨树下面唱歌。小伙子唱，姑娘倚着树身听，音量很弱。真正的情歌可以在枕边唱，而不是像帕瓦罗蒂那般鼓腹而鸣，拎一角白帕。我数唱歌的人，一对、两对……十五对，每一棵树边上都有一个小伙子对姑娘唱歌。小伙子手里拿着750毫升的铝制啤酒罐。俄联邦法律规定，餐馆酒吧在22:30之后禁止出售酒类。而这儿，还有乌兰乌德、阿巴干，年轻人拿一瓶啤酒于大街上站而不饮乃为时尚，像中国款爷颈箍金链一样。

图瓦之月——我称为瓦月——像八成熟的鸡蛋黄那样发红，不孤僻不忧郁，像干卿底事，关照这些人。它在总统府上方不高的地方。我的意思说，总统府三层楼，瓦月正当六层的位置。所以见出总统府不往高里盖的道理。

书说，人在异乡见月，最易起思乡心。刚到沈阳的时候，我想我妈。见月之高、之远不可及更加催生归心。而月亮之黄，让人生颓废情绪，越发想家。我从沈阳出发到外地，想老婆孩子。而到了图瓦，一个俄联邦的自治共和国，我觉得我之思念不在我妈和老婆孩子身上，她们显得太小。所想者是全体中国人民。我知道这样说有人笑话，我也有些难为情，但心里真是这样子。虽说中国人民中，我所相识者区区不过几百人，其绝大多数我永世认识不到，怎么能说"想念广大中国人民"呢？而我想的确实就这么多。比如说，在北京站出口看到的黑压压的那些人（不知他们现在去了哪里），还比如，小学开运动会见到的人、看露天电影看到的人、操场上的士兵、超市推金属购物车的人。我想他们，是离开了他们。在图瓦见不到那么多的人，也显出人的珍贵。早上，大街尽头走来一个人，你盼望着，等待着这个人走近，看他是什么人。但他并不因此快走，仍然很慢。到跟前，他一脸纯朴的微笑。

在图瓦，验证了人有前生一说，至少验证了我有前生。大街上，迎面遇到随便什么人，你得到的都是真诚质朴的笑容，像早（前生）就认识你、熟悉你，你不就是谁嘛。图瓦人迎面走来，全睛看你，突厥式的大脸盘子盛满笑意，每一条皱纹里都不藏奸诈。我像一个没吃饱饭的人吃撑着了，想：他们凭什么跟我微笑呢？笑在中国，特别在陌生人之间是稀缺品，没人向别人笑。而向你笑的人（熟人）的笑里面，有一半是假笑，和假烟假酒假奶粉一样。笑虽不花钱，却也有人不愿对你真笑。跟我社会地位低也有关。从美术美容观点看，假笑是最难看的表情，如丑化自我。纯朴的笑有真金白银。笑，实为一种美德。

我没想明白图瓦人为什么对人真诚微笑。而他们的生活当中，没有不诚实以及各种各样迷惑人的花招。中国人到这里一下子适应不了，像高原的人到低海拔地区醉氧了。这里没有坑蒙拐骗，人的话语简单，什么事就是什么事，这样子就是这样子。这让来自花招之地的人目瞪口呆，有劲使不上。图瓦人的笑容，展露的实为他们的心地。

总统府上空的月亮像带着笑意，俯视列宁广场。广场上一定有一些有意思的事情发生。我下楼去广场，看月亮笑什么。

列宁广场在克孜勒市中心。塑像立北面，身后山麓有白石砌就的六字真言，字大，从城市哪个角度都看得清。广场西面歌剧院，东面总统府。该府连卫士都没有，农牧民和猎人随便出入。总统常常背着手在百货公司溜达。广场中立中国庙宇风格的彩亭，描金画红。里面是一座巨大的转经筒，从印度运来，里面装五种粮食，一千多斤重。这些景色到了夜里跟白天不一样，所有的东西披上一层白纱，边角变得柔和，夜空越显其深邃，而瓦月距总统府上空其实很远，在山的后方。

广场上有两三个转经筒的人，有人坐在长椅上，有人缓缓地散步。他们在和我相遇的时候虽露笑容，但更庄重。他们的人民到夜里变得庄重了。我们的人民晚上似更活泼。我想到，图瓦人虽把纯朴的笑容送给你，像满抱的鲜花，他们其实是庄重的。面对天空、大地、河流、粮食和宗教，他们生活得小心翼翼，似乎什么都不去碰。农民除了种地时碰土地，剩下的什么都不碰，包括地上的落叶也不去扫。人在这里安分守己并十分满足。看图瓦人的表情，他们像想着遥远的事情，譬如来生。又像什么都没想，脸上因此而宁静。这种表情仿佛从孩童时代起就没变化过（他们小孩就这表情），更未因为衣服、地位、年龄和GDP而变化，只是成年人成年了，老人老了，表情都像孩子。再看月亮，我刚才在国宾馆看到的月亮像它的侧面，在广场看到的还是它侧面，这是下弦月。看它正面除非上火星看去。

脚踩广场的月色上，没发出特殊的声音，月色也没因此减少（沾鞋底上）。月色入深，广场像一个奶油色的盒子。人都回家了，只有一人从东到西、从南到北慢慢走，这是我和我的影子。

后记：他们的笑容俘获了我

二〇〇九年八月，我参与内蒙古电视台《蒙古高原的回声》纪录片的策划与主持，到达俄国南西伯利亚的布里亚特自治共和国和图瓦自治共和国，记录这些国家的蒙古文化遗址。

电视的事情没什么好说，深深留在我脑海里的是那里的人民的笑容，尤其在图瓦。

图瓦自治共和国有20万平方公里的国土和20万人民，按中国人的想法，这是一个小小的国家。可是，在他们这里，没一个觉得自己的国土小，没人想国土大与小的问题。他们的歌里仍然在唱"我们的土地辽阔无边"。他们脑袋里不太想"国"这个事，就像德国人几乎没人想"国怎么样"，全国恐怕只有总理和外交部长在思考"国"的事。

图瓦人看重信仰，他们认为礼佛、诚实、友善、爱与歌唱才是事，是正经事。

到图瓦国的首都克孜勒，我第一天跑步在街上遇到好多向我展示笑容的人。我先是认为我的裤衩出问题了,经检查没问题,接着跑,还是有人向我笑。是认错人了吗?但不可能街上的人全把我认错。我不敢再跑,停下来走步。迎面走来的人仍向我投来朴素的、仿佛含着很深定力的微笑。我很快发现:他们不光对我笑,所有人都在相互微笑,他们甚至站住脚对着野花、匆匆跑过的流浪狗和天上的云彩笑。那一天,图瓦国没笑的只有我一个人。我不习惯对着陌生人笑,好像也没找到笑的理由。

在我采访或与图瓦人交谈时,他们深深地注视着你,带着笑容,仿佛是你的长辈。与图瓦人讨论金钱、图际政治、住房之类的事情是徒劳的,他们觉得这没意思。

他们喜欢谈论诗歌,特别是史诗里的人名地名与生活习俗。他们爱讨论哲学问题,譬如时间是什么。图瓦没什么人犯罪,主要的违法行为是青年人在酒吧打架时受到警察无情的殴打。

我离开图瓦后,老是想念图瓦人沉默的、专注的笑容。我不可能再去那里了,情愿用书写的方式记录他们的善良、幼稚与纯朴,仿佛又回到了他们中间,就像回到了那里。

图书在版编目（CIP）数据

图瓦大地/鲍尔吉·原野著. -- 上海：上海文艺出版社,2021
ISBN 978-7-5321-7843-8
Ⅰ.①图… Ⅱ.①鲍… Ⅲ.①散文集—中国—当代
Ⅳ.①I267
中国版本图书馆CIP数据核字(2020)第238492号

发 行 人：毕　胜
策 划 人：谢　锦
责任编辑：于　晨
装帧设计：丁旭东

书　　名：	图瓦大地
作　　者：	鲍尔吉·原野
出　　版：	上海世纪出版集团　上海文艺出版社
地　　址：	上海市绍兴路7号　200020
发　　行：	上海文艺出版社发行中心
	上海市绍兴路50号　200020　www.ewen.co
印　　刷：	苏州市越洋印刷有限公司
开　　本：	890×1240　1/32
印　　张：	8.875
插　　页：	2
字　　数：	100,000
印　　次：	2021年1月第1版　2021年1月第1次印刷
I S B N：	978-7-5321-7843-8/I.6222
定　　价：	45.00元
告 读 者：	如发现本书有质量问题请与印刷厂质量科联系　T：0512-68180628